LE COURSIER DE VALENCIENNES

CLÉLIA ANFRAY

LE COURSIER DE VALENCIENNES

roman

nrf

GALLIMARD

Dehors, le temps était de plus en plus doux, le ciel de suie se cuivrait, chargé d'une de ces longues pluies du Nord, dont on sentait l'approche dans la tiédeur humide de l'air.

Émile ZOLA,
Germinal

Ô train,
vitesse, et ton souffle, ô vent,
me tirera encore par les cheveux,
vers les pays qui ne sont pas.

Pierre CRÉANGE,
Vers les pays qui ne sont pas

Chapitre 1

Simon ne ferait pas de vieux os ici. Il remettrait le paquet à la famille, bonjour, bonsoir, puis il rentrerait chez lui. Il aurait pu le dépêcher par voie postale, c'est sûr. Mais il tenait à le remettre en main propre. Question de fierté. Il n'en avait pas eu beaucoup là-bas mais il faut croire qu'on n'en mourait pas.

Depuis une bonne demi-heure déjà, il marchait les yeux rivés sur les pavés humides et poisseux. De la place de la Gare jusqu'à la rue des Capucins. Une sacrée trotte. Le ciel, d'un blanc indéfini, crachotait. Une bruine qui faisait par intermittence une halte au-dessus d'un clocher et qui, ailleurs, laissait supposer la possibilité d'une amélioration. Mais il fallait ne pas être du Nord pour croire que cet édredon opiniâtrement accroché aux toits se dissiperait bientôt. Simon le comprit pourtant très vite. Il se tâta quelques instants pour savoir s'il devait revenir sur ses pas et acheter le parapluie qu'il avait repéré place d'Armes. Une belle vitrine pleine de peps en tout genre aussi alléchante sous la pluie qu'un gelco sous le cagnard. Mais, additionnant mentalement le prix de l'autobus, de l'infâme sandwich acheté à prix d'or dans le train, et de tous ses billets — Chamalières-Clermont, Clermont-Paris, Paris-Valenciennes —, il renonça. Le col du paletot ferait l'affaire. Simon trompa sa fatigue et le crachin en examinant les traces suspectes que laissait traîner derrière elle la pluie, s'en remettant à l'arête des trottoirs aux relents de chien mouillé. Il s'amusait à reconnaître, à leurs teintes plus ou moins chargées, les pores rougis d'une brique ou la portion d'un nuage.

La guerre avait brisé net ses vocations de peintre. Mais il s'en était remis, un peu comme tout le monde. L'essentiel n'était-il pas de casser sa croûte et de trouver chaussure à son pied ? Renoncer n'était jamais au fond qu'une affaire d'habitude. Comme tout le reste. C'était peut-être pour ça qu'il n'avait jamais vraiment compris Pierre. Simon, lui, n'avait sans doute pas l'âme d'un poète, mais il était quand même sensible aux choses. La pitance et le mariage, c'était faute de mieux. Dans une autre vie, il aurait été peintre. Il n'y avait pas à tortiller. Hochant la tête à cette pensée, il se remit à observer les reflets versatiles des pavés qu'il recomposait comme un puzzle mobile.

Soudain, en voulant esquiver une rigole, il loupa son enjambée et fit gicler l'eau, comme une source. C'était bien sa veine. Depuis l'ourlet, qu'il avait lui-même recousu, jusqu'aux genoux, son pantalon était trempé. Après toutes ces années, il avait fini par prendre des habitudes de vieux garçon. Et là, en cette occasion mémorable (historique, même), sa tenue respectable de représentant de commerce en chaussures s'égouttait comme une serpillière. Pas la petite bavure facile à dissimuler, non, la bonne saucée. Il secoua dérisoirement la flanelle pour accélérer le séchage. Sa mauvaise humeur gâta ce qui lui restait de marche. Le coulis glacial, qui s'engouffrait depuis la chaussure en beau cuir fourré jusqu'au caleçon, réveilla une furieuse envie de pisser. Quelle idée aussi d'engloutir autant de café ? Il contrôla ses poches en les tapotant, comme il le faisait ordinairement avec ses clefs, et vérifia que le paquet était toujours là, roulé au sec dans son pantalon. Le colis avait été empaqueté avec soin dans un pochon. Aucun risque.

Il releva la tête — rue des Récollets —, plongea l'autre main dans sa poche de droite et en tira le plan qu'il avait tracé au porte-mine. Il avait gardé ça de son père, les pages déchirées d'éphémérides et les esquisses au criterium. Ça, moins le sifflotement. En examinant la page arrachée qui ne datait pas d'hier, ce père lui revint en mémoire, affairé, zézayant, taciturne, perdu dans ses pensées. Ce père bougon qu'il n'avait pas vraiment connu.

Le crachin augmenté de ses doigts humides effaça une bonne partie des noms de rue. Il ne manquait plus qu'il se perde. Pas le moment de faire le mariolle dans une ville inconnue. Il tâcha de déchiffrer : prendre à gauche la rue Saint-Gély (à moins que ce ne soit Géry ?), à droite la rue de Mons. L'affaire de quelques minutes.

Il regarda sa montre : rien ne pressait.

Par curiosité, il fit le détour par le lycée Watteau. Il avait entendu dire que la *Geheime Feldpolizei* avait fait du vilain dans les caves. Arrivé devant l'établissement, difficile de croire que ça ait pu se produire. Façade terre de Sienne irréprochable, pilastres proprets, présence paisible de platanes centenaires roussis par l'automne. Qui avaient dû assister à tout. La bâtisse était une incongruité architecturale, anachronique même. Mais à quoi pouvait-il s'attendre ? À un bâtiment bleui de coups ? À des civières charriant les morts ? La guerre était bel et bien finie. Alors quoi ? Alors rien. C'était lui dans le fond qui n'en avait pas terminé. Il s'était donné un mal de chien pour retrouver leur patronyme dans le bottin : *Viéville*, et non plus *Weill*, un beau nom de baptême tout neuf, français bon teint, qui respirait les routes escarpées de Champagne, les chênes pubescents et les alisiers blancs. Et s'il était venu jusqu'ici, à Valenciennes, dans ce trou abîmé par les troupes françaises et allemandes, six années après sa libération, c'était bien qu'il voulait la digérer, sa guerre.

Machinalement, il tâta une nouvelle fois sa poche.

Devant l'établissement, trois lycéennes stationnaient sous un grand parapluie demi-deuil. Leur conversation était joyeuse. De temps en temps, la tranquillité des platanes était secouée par de bruyants éclats de rire. Une grande bringue engoncée dans un corps tout brun était particulièrement loquace. Perchée sur ses deux cannes tordues qui avaient manifestement poussé trop vite, elle avait des airs de héron garde-bœuf. Simon l'observait de loin. Ça se gondolait sec. À chaque réplique, le dos de la seconde, qu'il n'arrivait pas à distinguer, était secoué par des pouffements. L'hilarité le gagna aussi. Un esclaffement, plus ou moins contenu, les fit se retourner. En croisant le regard bleuté de la bringue qui lui souriait effrontément de toutes ses dents, il cessa de rire, baissa la tête puis reprit sa route. Est-ce qu'on perdait le sens commun à quoi, seize ans, dix-sept à tout casser, de dévisager comme ça le premier venu ? Et pourquoi pas se jeter à sa tête, tant qu'on y était ? Il serait allé en toucher deux mots à sa mère, s'il l'avait connue.

Dans son échauffement, il en oublia l'étreinte glaciale et tranchante de son pantalon. Le beau regard de ciel flamand, lui, ne le quitta pas avant d'avoir contourné plusieurs pâtés de maisons. Au bout de quelques minutes de marche, les rires qui avaient redoublé se turent brutalement.

Lorsqu'il arriva rue des Capucins, une vague appréhension le gagna. Par où commencer ? Il ne s'agissait pas de sortir tout de go ce qui lui passait par la tête. Bien au contraire. Il fallait faire preuve de tact, de doigté… Son front brûlant dégouttait de sueur. Il passa la main sur son crâne dépeigné et humide et sentit qu'il était fiévreux. Si c'était pas honteux tout ce corps qui exsudait de partout comme un bouillon de culture… Et comme si cela ne suffisait pas, il sentit que ses jambes transies le soutenaient à peine. Il jeta un coup d'œil dépité sur ses mollets humides, gominés dans leur flanelle, brillant comme les cheveux d'un gommeux. C'était difficile d'être moins présentable. Jamais il ne se serait risqué à pareil laisser-aller devant un client. Une sacrée déveine, marmonna-t-il en dépliant un mouchoir (il en avait repassé un neuf au cas où) pour éponger sur son front la pellicule de sueur. Puis il se frictionna frénétiquement la jambe, gesticulant en même temps pour détacher le pantalon obstinément plaqué sur le mollet. Il jeta aux alentours un coup d'œil circulaire. Pas un chat : une chance. Si on avait surpris sa danse, il aurait eu l'air fin. Il fit ensuite quelques pas vifs, s'éclaircit la gorge, plaqua de la paume de sa main ses cheveux filasse. Puis il s'arrêta net : *12 rue des Capucins.* Était-ce vraiment là ?

Il dut s'y reprendre à deux fois, avoir le recul nécessaire depuis le trottoir d'en face pour jauger l'écriteau, avant d'admettre que oui, il était vraiment arrivé. La demeure sérieuse, à la porte surmontée d'une balustrade de pierre et rehaussée d'un pignon ouvragé, était à n'en pas douter l'une des plus imposantes de la ville. On pouvait entendre, malgré la fermeture des fenêtres, le son vif et éclatant d'une étude pour violon. Simon hésita encore quelques instants : une maison coquette de cette taille-là, briques ocrées, flamboyantes malgré le crachin, fenêtres hautes, une maison bourgeoise avec tout le protocole, installée là sans vergogne en face de l'institution Notre-Dame, ce n'était pas précisément ce qu'il s'était imaginé. Poète, dans son esprit, ça n'avait pas le sou.

Il le revit, la première fois. Il était arrivé un soir, avec un contingent de dix hommes venus remplacer les *volontaires* du dortoir. Et un kapo leur désignait du doigt les lits. Il le revit dans ses pensées, assis sur la couchette inférieure de son grabat, s'ingéniant à se remémorer, du bout des lèvres, les mots exacts d'un poème qu'il avait autrefois écrit, à moins qu'il ne fût d'un autre. *Si tu travailles pour...* Secouant chaque fois la tête, contrarié d'avoir oublié les paroles. *Si tu travailles pour te vêtir et pour boire, Ce n'est pas...* Simon l'avait d'abord cru un peu fou. C'était malheureux à voir, un homme de cette trempe, s'escrimer à réciter des vers au lieu d'économiser ses forces. Il aurait bien le temps de comprendre. Et puis Pierre s'était levé, lentement, et avait prononcé ces vers à voix haute, ou plutôt proposé, amicalement, comme il aurait partagé un morceau de pain :

Si tu travailles pour te vêtir et pour boire,
C'est là un moindre mal — tu es tout excusé.

Il avait alors souri à Simon. Grand, brun, les yeux étonnamment clairs et futés, enfoncés sous des lunettes tracées au compas. Une fière allure sans doute, mais pas dans le genre bourgeois. Puis ils s'étaient serré une main fraternelle, et ne s'étaient vraiment quittés qu'à son départ…

Pierre n'avait jamais parlé de fortune de famille. Là-dessus, il était formel. Toutes ces pensées se bousculaient dans sa tête. Et toujours cette furieuse envie de soulager sa vessie.

Avant de sonner, il fit un dernier raclement de gorge.

Chapitre 2

Simon pressa la sonnette. Après quelques minutes qui lui parurent une éternité, le violon se tut tout à fait et la porte s'ouvrit sur une haute femme brune au visage jaune, presque émacié.

— Bonjour madame. Pardon de vous déranger. Vous êtes madame Weill ? Madame Françoise Weill ?

Il avait dit cela avec aplomb et d'un seul trait, pour s'assurer de n'être pas coupé. La femme ne lui répondit pas immédiatement. Son regard suspicieux et inquiet allait de l'homme à la rue. La voie désertée dut la rassurer car ses yeux s'abattirent sur lui brutalement, comme un mortier. Simon se sentit pitoyable. D'ordinaire déjà, il supportait mal son petit gabarit. Peu de succès avec les femmes, pas plus de cote auprès des hommes. Il avait bien tenté la moustache. Un galon de virilité discret, s'était-il dit, et puis il avait renoncé. Franchement à cette heure, son accoutrement de nécessiteux n'arrangeait rien. Sous le regard sans cils de cette femme plus grande que lui, sa piètre carrure décrut encore.

— Françoise Viéville n'est pas là. C'est pour quoi ?

Simon s'était préparé à tout, sauf à tomber sur la mauvaise personne. Il zieuta discrètement l'étiquette accolée à la sonnette : *Viéville.* Pourquoi diable avait-il répété *Weill*? Tu parles d'un doigté…

— Pardon de vous demander ça, mais vous êtes de la famille de Françoise Viéville ?

— Oui, je suis sa sœur. Mais c'est pour quoi ?

Il se demanda si la livraison était encore d'actualité s'agissant de la sœur. Il lui était bien arrivé de vendre des mocassins au voisin d'un client. Personne n'en avait fait de gorges chaudes, pas de réclamations non plus. Mais ce colis, roulé au sec dans son pantalon, était d'une autre nature, pas de celle qu'on cède à n'importe qui.

— Pardon d'insister, madame, mais c'est à Françoise Viéville que je voudrais parler.

La haute femme brune cambra sa poitrine et fronça les sourcils. Simon crut y voir de la colère, à moins que ce ne fût de l'incompréhension.

— Écoutez, monsieur, je ne sais pas qui vous êtes. Et je viens de vous dire que ma sœur n'est pas là.

La femme s'apprêtait à refermer la porte sur lui quand il la bloqua fermement de la main.

— Attendez madame, ça ne fait rien. Sœur ou pas sœur, il faut que je vous parle.

Dans sa précipitation, ses derniers mots déraillèrent, une octave plus haut. Une matinée entière expirait pêle-mêle dans cette voix de fausset : la lassitude, la moiteur glacée, la curiosité de faire le tour du propriétaire, le magnétisme de cette femme jaune et austère, la vessie pleine. Il osa encore :

— Madame, j'ai connu Pierre Weill. Je veux dire, je l'ai connu là-bas, à Klein Mangersdorf.

Puis, tendant la main, il compléta :

— Je m'appelle Simon Abramovitch.

Interdite, la femme, que la méfiance n'avait pas encore quittée, ne lui serra pas la main. Était-ce son nom de Polak qui la rebutait ? Connaissait-elle Klein Mangersdorf, même de nom ? On pouvait lire dans son regard l'indécision et l'embarras. Laisser entrer cet homme ruisselant de tous les pores, qui, à la fourbure et à l'accent, devait venir de loin ? Ou bien, comme elle se l'était maintes fois promis dans ses radotages intérieurs de femme seule, ne jamais (plus) ouvrir à un étranger ? Simon se balançait sur ses deux jambes pour contenir sa vessie. La femme le considéra à nouveau. Une petite voix dut sans doute lui faire admettre qu'on ne risquait rien à l'introduire chez soi puisqu'elle finit par répondre :

— Entrez.

Puis, après un silence :

— Débarrassez-vous de votre manteau.

Malgré son humidité, Simon ne voulut pas se séparer du paletot dans lequel il avait conservé son précieux bagage. D'ailleurs, vu l'accueil, il n'était plus si sûr de vouloir le déballer, son paquet. Cette main qu'il avait tendue dans le vide avait piqué sa fierté d'homme mûr qui en avait pourtant vu d'autres. Pas question de se mettre en quatre, et encore moins pour une femme par-dessus le marché. Il n'avait peut-être pas la carrure d'un athlète, ça il ne disait pas, mais de l'amour-propre, un peu tout de même. On verrait bien comment évolueraient les choses. D'ailleurs, il n'était pas aux pièces.

Dans le bref corridor qui le menait au salon, Simon suivit la femme aux pieds emmaillotés dans de petits chaussons en peau de chèvre qui frottaient le paquet avec un bruit de feuilles mortes. Les murs du couloir étaient une mosaïque de photographies dont on pouvait supposer, à leur grain et aux tenues de leurs occupants (il crut reconnaître Pierre au passage), qu'elles collectionnaient moins les vivants piliers de la famille que les disparus. Un coquet monument aux morts, se dit-il. Le salon était sombre mais sacrément cossu. Bergère d'époque (laquelle ? il n'était pas expert, mais ça avait une drôle de tenue) recouverte d'un tissu toile à matelas sur lequel pendouillaient quelques fils de laine d'un tricot rouge en cours de réalisation, un guéridon où était posée une tasse de thé fumant, deux grands corps de bibliothèque en chêne, gravures anciennes un peu gâtées, tableaux (et certains de fameux), un demi-queue sur lequel était posé un violon dans son étui ouvert, les archets en pagaille et les partitions éparpillées. Et au centre, un grand feu de cheminée, flamboyant dans son âtre. Un intérieur un peu trop brouillon à son goût, mais pas dans la gêne en tout cas. Il se dit que ça roulait même drôlement sur l'or. Il fut quand même surpris de constater que rien ne venait signaler le judaïsme des propriétaires : ni mezouzah, ni chandelier, ni argenterie. Aucun objet de culte. Il revoyait pourtant, avec netteté même, la prière quotidienne de Pierre... Elle n'aimait peut-être pas les Polaks : lui n'aimait pas les renégats. Tandis qu'il s'oubliait à inspecter les lieux, la femme eut tout le loisir d'examiner le bonhomme. Elle s'aperçut que ses chaussures et son pantalon laissaient sur leur passage des traînées d'eau malpropre. Sa paupière s'alourdit d'un air de dire que ça commençait bien :

— Mon Dieu, vous êtes trempé ! Je vais vous apporter une serviette et puis vous vous assoirez là, près du feu. Attention en reculant, n'en mettez pas partout... Je ne saurai jamais tout nettoyer.

Simon regarda avec fatalité les traces qu'il avait laissées derrière lui, puis sans plus bouger, se mit à observer un imposant tableau. Il représentait une grosse dame assise, impassible malgré sa complication de chignon, et qui posait ses deux mains potelées à la Leonardo. Derrière elle, dans un miroir, s'affairait le peintre, pinceau à la main, sur le qui-vive. L'homme admirait l'immobilité du modèle et l'empressement de l'artiste au second plan. Si l'occasion lui en avait été donnée, c'est tout à fait le genre de tableaux qu'il se serait senti capable de faire. Dans une autre vie, sans doute. Puis il pivota sur lui-même en quête d'une porte qui ressemblerait à une porte de toilettes. Mais mis à part dans les lieux publics, les restaurants ou les bistrots, une porte restait une porte, sans le moindre signe distinctif.

La femme entra, les bras chargés de serviettes bleu pâle, immaculées. Elle enroula à la hâte les fils de son tricot qu'elle posa sur le guéridon à l'ombre du thé brûlant, posa l'un des linges sur les fesses de la bergère, d'autres à ses pieds et sur le sol en guise de serpillière, et en tendit deux autres encore à son hôte dont il pourrait disposer à sa guise. Tandis que la femme épongeait le sol, Simon se frictionna les jambes. La cotonnade était épaisse et moelleuse, et exhalait des parfums de violette. Une serviette de bonne maison. Ils prolongeaient tous deux ces activités domestiques afin de différer le moment du tête-à-tête, l'un par paresse, l'autre par appréhension.

Lorsqu'ils furent assis, en chiens de faïence, aucun n'osa commencer. Simon se creusait les méninges pour des questions de protocole. Des deux, qui devait se lancer ? la femme ou l'homme ? l'hôtesse ou le convive ? Chatouillé dans le bas-ventre par la serviette émolliente de chaleur, son irrépressible envie d'uriner lui revint à l'esprit et les questions de préséance se dissipèrent aussitôt. Tant pis si elle s'en formalisait, impossible de tenir une minute de plus.

— Je peux emprunter vos toilettes, s'il vous plaît ?

— Naturellement, répondit-elle manifestement outrée, elles sont à votre gauche.

Les toilettes, elles aussi, étaient tapissées de portraits familiaux. En se soulageant la vessie, il crut reconnaître la femme sur une photo de mariage. Elle avait le même le visage, quoique plus terne encore, et le regard lointain. L'époux, quant à lui, posait d'un air plus décidé mais plus nigaud aussi. Ça ne devait pas rigoler tous les jours. En réajustant ses bretelles, Simon fit un mouvement circulaire trop large qui emporta sur son passage l'un des sous-verre. Le cadre qui, dans sa chute, aurait pu se briser proprement en quatre ou cinq morceaux bien nets, saupoudra le sol carrelé d'une infinité de brillants. Simon laissa échapper un *merde* sec et rageur. La protestation de celui contre lequel le sort s'acharne une fois de trop. Une telle déveine, ça n'était pas humain. Il s'accroupit pour récolter les débris qu'il avait peine à distinguer à l'œil nu, passant la main sur le sol pour s'assurer qu'aucun n'irait blesser la maîtresse de maison. Il revint au salon, l'air penaud de l'enfant pris la main dans le sac.

— Je suis désolé. Un cadre est tombé. J'ai tout ramassé, je crois. Vous avez un endroit pour jeter ça ? dit-il en découvrant une main pleine de verre et tendant de l'autre la photo de mariage à son hôtesse.

Elle l'accompagna sans mot dire jusque dans la cuisine. Puis ils reprirent leur place au salon. Mona Lisa souriait toujours, impassible. Plus question de tergiverser maintenant. Il fallait en finir au plus vite.

Alors il commença.

Chapitre 3

— Vous êtes la sœur de Françoise Weill, pardon, Françoise Viéville, alors vous avez bien connu Pierre, pas vrai ?

— C'était le mari de ma sœur. Oui, bien sûr, je l'ai bien connu. (Puis, après quelques secondes d'hésitation à l'idée de s'ouvrir comme ça, sans vergogne, à un inconnu, elle poursuivit.) On leur rendait souvent visite, vous pensez. C'était un homme vraiment charmant… Il était bien avec tout le monde…

La femme était devenue pensive. Son regard égaré avait perdu de sa rigidité et semblait ranimer toute cette bonté morte dont elle parlait. Elle but son thé à petites lampées. Simon, qui la regardait faire, regretta qu'elle ne lui en eût pas proposé. Le feu séchait activement ses vêtements, les serviettes à la violette faisaient le reste. Un amollissement engourdissait ses membres. L'ivresse aurait été complète avec une gorgée de thé. Il la dévisagea puis, sa prière silencieuse restant sans effet, il reprit :

— Oui… Un brave homme. Je l'ai peu côtoyé, enfin *côtoyé* je ne sais si c'est vraiment le mot… mais suffisamment quand même pour savoir que c'était un homme bon. C'était lui qui nous remontait le moral quand on avait le cafard. Il faut dire que nos journées de travail étaient particulièrement éprouvantes. Nous étions bétonneurs. Tout le monde sait ce que c'est, le béton : du ciment, du sable, de la caillasse et de l'eau… Je me souviens que ce qui le mettait particulièrement en rogne, c'était de voir des gosses soulever des masses qu'il aurait hésité à confier à des hommes faits.

Simon ne dit pas qu'un jour, souffrant d'une colique carabinée, Pierre avait fait double ration quasiment à sa place. Il lui fallait juste rester à ses côtés, à remuer les bras comme un pantin, pour faire mine d'amalgamer le tout, former la mélasse, et puis se retenir autant que possible de se plier en deux de douleur. Il avait mis quelques jours à se remettre sur le dur. Qui sait ce qui l'aurait attendu, si Pierre ne l'avait pas épaulé. Et il s'en était longtemps voulu d'avoir rongé ses dernières résistances. Mais il rechignait toujours à s'appesantir sur les pages peu glorieuses de sa vie. Et puis au moins, il avait payé sa dette : le crayon qu'il lui avait déniché, ce n'était pas rien. Simon se tut et reprit le fil de son récit :

– … Il était de loin le plus âgé : la quarantaine, au camp de travail… c'était presque un vieillard. Moi, j'en avais à peine vingt. Alors il était un peu le père que nous avions perdu, dont nous avions été séparés. Il y avait dans son regard de myope, derrière ses petites lunettes, quelque chose d'humain qui nous rendait le supplice un peu supportable. Il nous parlait de la vie que nous aurions après, plus tard, lorsque nous serions libres… nous qui n'avions encore rien connu…

Il s'arrêta sur la grosse dame du tableau qui le regardait toujours de ses yeux réfléchis, parfaitement immobile. À quelle époque avait-elle posé ? Était-ce avant ou après la guerre ? Quelle vieillesse avait été la sienne ? Depuis la guerre, c'était à ce genre de considérations qu'il s'arrêtait le plus souvent. Mais son attention fut soudain happée par le feu si vivant, crépitant de toutes ses forces dans son foyer. Il soupira puis poursuivit :

— Lorsqu'il est arrivé — Pierre, je veux dire —, lorsqu'il est arrivé à Klein Mangersdorf, il occupait la couchette inférieure de mon châlit. Il a bien vite compris qu'il n'était pas bien tombé. Notre baraque était la plus mal située du camp : juste à côté de la place de l'appel. Alors, nous avions constamment la trouille parce que quand les S.S. faisaient la pêche aux *volontaires*, ils ne se fatiguaient pas, ils allaient au plus simple. C'était dans notre baraque qu'ils s'approvisionnaient. Non, ils ne se fatiguaient pas. Notre baraque était un réservoir tout choisi.

— Et il a été choisi ?

— Oui, mais pas tout de suite.

Cette réponse eut l'air de la rassurer, comme si survivre un temps au camp avait été moins absurde qu'une mort expéditive. Son récit la remuait plus qu'il ne l'aurait cru, elle qui pourtant l'avait accueilli si froidement.

— Pierre était quelqu'un de fort, vous savez, pas du genre à se laisser abattre. En dehors du travail, je me souviens qu'il écrivait. J'avais réussi à *organiser* de quoi écrire sur le chantier. Un petit crayon que j'avais trouvé par terre et que j'avais mis dans l'ourlet de mon pantalon. Un risque insensé, quand on y pense. Mais Pierre en avait besoin, et puis j'avais pour lui de l'affection. C'était un brave type. Alors, à l'infirmerie, on nous avait distribué, à la volée, les feuilles de journaux de l'époque qui nous servaient à des fins hygiéniques. Je lui en avais donné quelques-unes, celles sur lesquelles il y avait des blancs censurés et qui lui laissaient la place d'écrire. Ça aurait pu lui coûter la vie si on avait découvert ses feuilles d'écriture…

Simon, soudain conscient de l'incongruité de ses derniers mots, corrigea :

— Enfin baste… ça ou autre chose… Je le revois après la journée de travail, le dos un peu voûté, en train d'arranger, sur le rebord du châlit, des vers qu'il nous lisait d'une voix ferme. Parfois, on était plusieurs autour de lui à l'écouter. Certains récitaient des vers qu'ils connaissaient de l'école. Lui nous lisait les siens. Il y était souvent question de sa femme qu'il avait vue pour la dernière fois à Cosel... Sa femme, il devait bien l'aimer. Il nous en parlait sans cesse... Il nous parlait aussi de ses enfants qu'il avait perdus de vue du côté d'Angoulême, et surtout de son père dont il imaginait la terrible secousse à l'annonce de sa déportation...

La femme, dont les yeux sans cils s'étaient embués de larmes, marmonna :

— Mort de chagrin, depuis. Lui, un officier de carrière pourtant...

Fils d'officier... Le père de Pierre était donc dans l'armée. Il saisissait mieux le lustre douillet du salon. Il lui avait donc fallu un sacré cran, au poète, pour tenir tête à un père gradé.

Simon apprendrait plus tard que l'officier avait fait partie du dernier convoi de vieillards relâchés à Drancy.

— Heureusement que Pierre ne l'a jamais su. Il avait l'air de beaucoup y tenir, à son père... Tenez.

L'homme avait sorti de sa besace un mouchoir immaculé, délicatement plié en huit, et l'avait tendu à son hôtesse. Celle-ci le prit avec rudesse. Simon sentait bien qu'elle n'était pas femme à se laisser aller à ce genre d'attendrissement. La honte la rendait hargneuse. Elle secoua énergiquement le mouchoir, presque agacée qu'il se défît avec autant de difficulté. Dans son emportement, elle ne sécha pas son visage. Décaper serait le mot juste. Elle le contorsionnait avec ce qu'on aurait pu prendre pour de la cruauté.

Simon la contempla. Ses cils faméliques, mouillés de larmes malgré le frottage, éclairèrent ses yeux d'un fard naturel de sel et de chagrin. Elle était rudement belle à cette heure. Un peu raide, c'est sûr, mais plus belle qu'il ne l'aurait cru. Les femmes à poigne n'avaient jamais été son genre. Il la contempla pour la première fois, longuement. Il ne parvenait pas à lui donner d'âge. Sa lourde chevelure d'un brun immaculé était retenue en chignon, dégageant une nuque juvénile. Mais son visage, lui, paraissait plus âgé, creusé aux encoignures de la bouche. Gênée par ce regard qu'elle jugeait sans doute inconvenant, Mme Viéville repartit d'un ton plus offensif encore, presque hors de propos :

— Mais enfin, de quoi est-il mort ? Je veux dire : comment en est-il arrivé là ? Pourquoi a-t-il été envoyé à Auschwitz ?

— J'allais y venir. Un S.S. l'avait dans le collimateur. Il avait dû repérer son manège, toute cette poésie qu'il écrivait, les quelques camarades qui se regroupaient autour de lui discrètement. Enfin… peut-être pas tant que ça… J'en sais rien. Un jour, on n'a pas vraiment su pourquoi, le type avait décidé de le punir. Rien de grave sans doute. De toute manière, c'était souvent pour des broutilles qu'ils se mettaient en rogne. Toujours est-il que le type était sacrément furieux contre lui. Je m'en souviens parfaitement : Pierre était debout, en rang, place de l'appel. Le S.S. nous passa en revue et s'arrêta devant lui : après l'avoir regardé fixement, il lui arracha ses lunettes et les écrasa par terre à coups de talon de botte. Mille morceaux de verre éparpillés, là, dans la boue. Pas moyen de réparer. Il y avait une de ces haines dans son geste. Il écrasait, il écrasait encore, au cas où on n'aurait pas bien compris. On peut survivre de myopie dans la vraie vie, mais là-bas, dans le camp, c'était la mort assurée. Je crois que Pierre l'a su tout de suite. Après ce matin-là, il perdit le peu de confiance qu'il avait en lui. Il erra comme une âme en peine. Devenu inutile, incapable de travailler, sans protection. Face à une telle malchance, notre amitié ne faisait pas le poids. Après avoir passé quelques semaines à Klein Mangersdorf, il fut incorporé à un transport pour Auschwitz. C'est tout ce que je sais de lui.

Simon avait mis la main dans son paletot. Il était temps de lui montrer le paquet. Tandis que ses doigts tâtonnaient dans la poche, il s'arrêta une nouvelle fois sur ce visage. Mme Viéville avait cessé de pleurer. Sa tête, légèrement inclinée, était tournée vers le feu. Et malgré la turbulence des flammes, rien ne semblait surprendre son attention. Son expression était nouvelle, ni sombre ni larmoyante. C'était une expression d'une tristesse infinie, mais desséchée, presque étanche. C'était Pierre qui semblait revivre dans ces yeux-là.

La sonnerie de la porte d'entrée tinta. La femme ne se leva pas immédiatement. Sans doute ne l'entendit-elle même pas. Les flammes, qu'elle ne regardait pourtant pas, réquisitionnaient tout son être. Un second timbre, plus long, animé d'impatience, la tira de ses songes. Un troisième, plus long encore et très rapproché, la fit se lever.

Chapitre 4

Simon resta seul quelques instants. Il suivit de l'oreille les foulées de feuilles mortes jusqu'au seuil de la maison, resta un temps aux aguets, puis n'entendit plus rien. Ses mains, sans s'en apercevoir, avaient interrompu leur fouille. Tant pis, ce serait pour plus tard. Le regard se remit à vaquer des flammes à la bergère, du tricot rouge boucher à Mona Lisa, sondant, s'il était encore possible, dans les moindres recoins du salon, l'énigme de ce visage dont les cils repoussaient avec le chagrin. Un picotement déplaisant l'asticotait du côté du cœur, à moins que ce ne fût l'estomac. Impossible d'oublier l'étrange visage de Mme Viéville. Son corps, si peu aguerri à la concupiscence, s'impressionnait pour un rien, décidément. Depuis combien de temps n'avait-il pas fait l'amour ? Il en oubliait même ce pour quoi il était venu. Pierre lui revint en mémoire. Le récit, c'était chose faite. Plus tard, il remettrait le paquet. Et puis baste. Quel idiot, quand même, avec sa maladresse de rustre. Il n'avait vraiment pas les manières. Et puis ce nom, qu'il écorchait toujours...

Il entendit soudain une voix de flûte, suraiguë et joyeuse.

— Eh bien alors, tata, tu dors ? Hum... qu'il fait bien chaud ici ! Que c'est bon ! Tu as vu ce temps de chien ? Oh ! Je me débarrasse vite de tout ça, je ne saurai plus le faire plus tard. Il reste du thé ? Eh bien dis donc, tu en fais une tête ! Ce que tu peux être sinistre, ma pauvre tante ! Bordas nous a encore donné une composition française terrible. *Rédigez le discours de l'envoyé des Grecs au congrès de Vérone.* Elle ne s'arrange vraiment pas avec l'âge. J'ai calé pendant deux heures.

La jeune fille partit d'un rire sonore qui s'interrompit aussitôt, brutalement.

— Mais qu'elles sont difficiles à défaire ces bottines ! Alors il reste du thé, tata ?

Sans crier gare, la jeune fille déboula dans le salon. Simon, qui l'avait entendue courir, la reconnut : c'était le regard flamand du lycée Watteau. Renée qui le reconnut, elle aussi, lui sourit effrontément. L'homme se renfrogna à la pensée de cette gamine qui décidément manquait de manières. Sur ses talons, Mme Viéville, la face terreuse, fit des présentations embarrassées :

— Ma chérie, je te présente monsieur... monsieur ?

Pardonnez-moi, dans l'émotion, je n'ai pas retenu votre nom.

— Abramovitch, Simon Abramovitch.

N'avait-elle réellement pas retenu son nom ? Elle n'avait peut-être rien contre les Polonais, alors. Elle poursuivit :

— M. Abramovitch a... M. Abramovitch a un peu connu ton père. Pas à... à Klein Mangersdorf. Je vous présente ma nièce, Renée.

L'hilarité avait déserté le visage du héron garde-bœuf. Ses traits s'étaient soudain tirés, comme sous l'effet d'une immense lassitude. Elle aurait rencontré la mort qu'elle n'aurait pas fait autrement. L'estomac de Simon se noua, lui aussi : dans cette grande bringue, il retrouvait pêle-mêle la gravité de Pierre, le même regard clair, la même prunelle myope et flottante, la même humanité bienveillante et réfléchie sous l'œil de laquelle il lui sembla d'un seul coup retrouver ses vingt ans, ou plutôt les *contracter* à nouveau, comme une maladie contagieuse dont il s'était cru depuis longtemps guéri. Vingt ans. On peut dire qu'il les avait fêtés en beauté. À Cosel, dans ce trou d'Allemagne où les convois faisaient halte. Les portes avaient coulissé et l'air silésien s'était engouffré dans leurs narines et avait immédiatement camouflé les relents nauséabonds des wagons à bestiaux. Il avait enfin pu respirer. La poussière valait encore mieux que l'odeur de chair et d'urine. *Que personne ne descende sous peine de sanction!* avait hurlé un homme dans un allemand instantanément traduit en français par un juif. *Ceux qui sont capables de travailler, à terre! vite! Emmener ses bagages!* La masse humaine s'était alors scindée en deux : ceux qui, exténués par le voyage, n'en pouvaient plus ou conservaient encore l'espoir de rester en famille; et ceux qui comme lui avaient besoin de se dégourdir les jambes et voyaient dans le travail une promesse de vie…

Ses lèvres sèches et pâteuses ne parvinrent pas à formuler de bonjour audible. Il regarda sa montre et, dans la panique, déclara qu'il était temps pour lui de prendre congé. Pressée par le regard tout aussi affolé de Renée, Mme Viéville accourut vers Simon et lui prit les deux mains qu'elle comprima vivement :

— Ne partez pas encore. Je crois que Renée aurait besoin que vous lui parliez de son père. D'ailleurs, où iriez-vous à cette heure? Il se fait déjà tard. Dix-huit heures. Restez donc à dîner. Et puis, où comptiez-vous dormir?

— Au *Grand Hôtel*, près de la gare, bredouilla-t-il, la gorge enrouée.

— Mais c'est idiot. Nous avons la maison pleine de chambres. Celle du deuxième étage est petite mais là-haut, vous y seriez à votre aise. Et puis, vous auriez tout l'étage rien que pour vous.

Malgré sa réticence inquiète, Simon céda à ces deux mains qui le pressaient affectueusement, ces mains dont il n'aurait même pas envisagé le simple effleurement quelques secondes auparavant. Elles étaient plus douces qu'il ne l'aurait imaginé, et même, crut-il sentir sous son pouce, légèrement duveteuses. Le visage de Mme Viéville avait repris des couleurs. Oubliant de la remercier, Simon prit son bagage et la suivit en silence jusqu'au second. La chambre était petite en effet, mais son dénuement la faisait apparaître plus grande. Surtout, elle avait l'air confortable. C'était ce qui comptait. Des murs nus et sans ornement, tapissés d'iris bleus, un lit dont la descente gaufrée s'accordait aux tons de la chambre. Ailleurs, presque rien : un chevet, une ampoule électrique sur laquelle un abat-jour gris faisait l'équilibriste, un pot de chambre recouvert de glaçure bleue. Autant dire pas grand-chose. On ne s'embarrassait pas d'équipement inutile. Ici, on dormait et c'était tout.

— La chambre est assez simple, mais vous vous y sentirez bien, je crois. Il y a une salle d'eau au premier étage. Je viendrai vous apporter des serviettes et des gants, et j'en profiterai pour vous faire un bon feu. Nous passons à table dans une demi-heure. Comme ça, vous aurez tout le loisir de parler avec ma nièce.

Puis, sur le ton de la confidence, elle étouffa sa voix :

— Elle et son frère n'ont pas revu leurs parents

depuis… leurs sept et treize ans. C'est important que vous parliez à Renée. Henri, lui, est déjà installé. Mais elle… elle est encore jeune. Je les ai élevés seule, vous savez. J'ai fait de mon mieux pour combler…

Sa voix s'étrangla. Elle se rengorgea puis reprit avec une douceur qui le surprit :

— J'espère que vous me pardonnerez ma brusquerie de tout à l'heure. Ce n'est pas dans mes habitudes. C'est que tout ce passé remué d'un coup, c'était si inattendu, si… J'espère que vous ne m'en voudrez pas… Eh bien, je vous laisse. Je vous apporte ce dont vous avez besoin.

Puis, sans attendre la réponse de Simon, elle referma la porte rapidement, comme honteuse. Il entendit un long craquement qui s'éteignit dans l'escalier. L'homme déposa son bagage sur lequel il enroula proprement son paletot. Puis il s'installa sur le lit, tapotant machinalement le matelas comme pour en tester la résistance. Ça couinait drôlement. Enfin baste, il était tellement harassé qu'il dormirait comme un seul homme. Il s'allongea, les bras recroquevillés derrière la tête, poitrail cambré. Ainsi, Françoise Weill était-elle morte, elle aussi. Il songea à Pierre et mesura quel aurait été son accablement s'il avait appris la disparition de cette femme dont il aimait tant à parler. Il le revit courbé, griffonnant des mots dérisoires qu'il lui dédiait. Son corps élégamment élancé malgré la fatigue et la faim contrastait avec ses pieds enflés, considérablement gonflés, qui le portaient de plus en plus difficilement. L'œdème était une maladie contagieuse, au camp. À cause de la mélasse gélatineuse qu'ils mangeaient et des charges qu'ils portaient. Des squelettes ambulants sur des pieds d'éléphant. Alors à la moindre pause, le soir surtout, Pierre s'asseyait, il écrivait et leur lisait. À quatre ou cinq camarades avides de mots vivants, de mots surgis du passé. Ses poèmes parlaient le plus souvent d'amour. Au moins avaient-ils eu la chance de s'aimer. Ça n'était pas donné à tout le monde. Simon éprouva de la honte à cette pensée. Pierre avait tout perdu à la fleur de l'âge, femme, enfants, parents... Il revit le visage de Mme Viéville. Si Françoise ressemblait à sa sœur, il n'aurait pas fait la fine gueule... Honte à lui, décidément, qui manquait d'élégance, même en pensées.

Il dirigea son regard vers le paletot. En vérité, il l'avait déjà ouvert. Il aurait voulu respecter le secret, c'est sûr. Et puis il s'était convaincu qu'il y avait droit. Après tout, il s'était donné suffisamment de mal. Il pouvait bien savoir. L'enveloppe ne contenait presque rien : un poème et une lettre adressée à sa femme. Au début, il n'avait pas bien pris la chose. Prendre de tels risques, tout ça pour de la poésie... Mais, à son retour, quand les gens avaient douté, ou bien qu'ils s'étaient obstinément bouché les oreilles, il les avait relus. Ces mots lui faisaient du bien. C'était peut-être pour ça qu'il les avait écrits, ou tout simplement pour elle, ou peut-être pour autre chose. Il n'en savait rien au fond. Pas plus qu'il ne savait vraiment pourquoi il se retrouvait à cette heure dans ce trou. Ou peut-être si : par devoir, mais aussi pour passer à autre chose. Pour trouver le sommeil.

Simon se leva et se dirigea vers la fenêtre.

Valenciennes se couchait tôt. Il regarda la ville qu'il n'avait qu'entraperçue dans ses rigoles. La pluie avait cessé. Des trouées de lumière, avant la nuit, déshabillaient les combles et les clochers couverts de suie. La rincée avait beau faire, le noir de carbone s'infiltrait partout dans les fissures et dans les fondrières. La ville noire de crasse s'époumonait. À l'angle de la rue du Quesnoy pourtant, la basilique Saint-Cordon se détachait du reste. La pierre était un peu plus claire, un peu plus propre, si l'on peut dire. Les cieux, peut-être plus soignés que la campagne, l'avaient prémunie contre la grisaille et son clocher lavé par les pluies restait là, debout, superbe, en équilibre instable. Grand-mère veillait au grain.

À l'horizon, les îlots de stériles poussaient comme des champignons. Ces buttes grisâtres vallonnaient les environs. La ville et la campagne unies par un même destin. Tristes comme un jour sans pain, se dit Simon. Valenciennes avait dû être belle pourtant. Mais quand ?

Avant le forage, les carrières, les galeries, la mine et la poussière ? Sans doute. Mais ce n'était pas qu'une question de couleur. Les villes grises, il connaissait bien. Clermont avait été bâtie à flanc de cratère. Il savait de quoi il parlait. Mais la pierre de Volvic, c'était autre chose. C'était voulu. Et puis ça avait son charme au milieu de la campagne verdoyante. On aurait dit que Valenciennes, elle, n'avait pas choisi ses couleurs. Qu'elle portait une pèlerine poussiéreuse, épaisse et lourde comme un âne mort. Qu'elle suffoquait au milieu des terrils, faute de mieux. Et que toutes les pluies du monde n'y feraient rien.

On frappa à la porte. Sans attendre de réponse, Mme Viéville entra :

— Vos serviettes, dit-elle en souriant. Vous regardiez la ville ? Vous avez bien raison. Elle est belle, n'est-ce pas ? Sombre, mais belle.

— Oui, très belle, répondit-il aussitôt.

Simon ne mentait pas. Valenciennes, sous l'effet de la parole de Mme Viéville, avait repris des couleurs. Il prit les serviettes bleu pâle, épaisses et moelleuses, exhalant le même parfum de violette qu'à son arrivée et tourna son regard du côté de la ville qui ne lui apparaissait plus désormais avec la même rigueur. Son austérité grise s'était dissipée d'un coup d'un seul, comme par magie pour ainsi dire. C'était drôle, tout de même, ces affaires de perception. Aux côtés de Mme Viéville, les toits avaient pris une teinte bleu pâle et embaumaient tout son être d'un parfum de violette. Les choses les plus vilaines devenaient admirables pour peu qu'on eût l'esprit mieux disposé. Simon se sentit soudain, du fait de la seule présence de cette femme dans sa chambre, près de son lit, d'intelligence avec la ville. La malpropreté des toits s'était dissipée. Et il ne voyait plus dans cette grisaille bleutée que la valeur de l'effort, la tâche ingrate du mineur ou les ravages de la guerre. Lorsqu'il se réveilla de ses pensées, Mme Viéville attisait quelques braises pour faire un feu. Son visage penché au-dessus de l'âtre rougeoyait par intermittence sous l'effet du crépitement naissant. Il l'observa et sentit, mais il n'en était pas certain, qu'elle avait conscience de ce regard posé sur elle. Lorsqu'elle se redressa, il hasarda un timide merci madame.

— Oh non, pas madame… Appelez-moi Suzanne. Pas madame, voyons… Alors à tantôt !

Chapitre 5

Le dîner fut décevant. Servi sans façon dans la cuisine, une pièce carrée et jaune que Simon, malgré sa confusion, avait déjà eu le loisir d'entrapercevoir les mains pleines de bris de verre, le repas s'étira au rythme d'une conversation sans entrain. C'était pourtant une belle marque d'amitié ou tout du moins de confiance que d'être attablés là, tous les trois, comme en famille pour ainsi dire, dans la chaleur du poêle où la cuisinière faisait mijoter ses plats.

Les chaises paillées de la cuisine étaient assez basses et Simon avait la désagréable impression d'être aussi rabougri qu'un enfant. Les deux femmes, étonnamment hautes quant à elles, semblaient s'allonger sur leur siège. L'aisance gracile avec laquelle elles déliaient de longs membres subjuguait Simon. Leurs mouvements étaient si rapides, si prudents à côté des siens… Il se rappela avec confusion sa maladresse aux toilettes et se demanda si Mme Viéville lui en tenait encore rigueur. Sentant au peu de manières qu'on ne ferait pas entrer le shabbat, il murmura à la hâte un ersatz de *kiddouch*. Renée l'observa en silence tandis que Suzanne, debout, affairée, fit semblant de ne s'apercevoir de rien. Elle demanda de la place et posa au milieu de la table une soupière pleine d'un potage au vermicelle qu'elle servit à grandes louches aux deux convives. Le service se fit dans le silence. Il songea à ces feuilles séchées que les Allemands avaient apportées un jour d'hiver, faute de ressources suffisantes et qu'ils destinaient aux seuls juifs ou aux bolcheviques. *Nur für Juden und Bolschewisten* : c'était écrit sur l'emballage. Bouillie épaissie, faite de feuilles et de gélatine, un sixième de pain, vingt grammes de margarine. Là-bas lorsqu'ils mangeaient, le corps prostré sur la gamelle, ingurgitant silencieusement la soupe, plus rien ne distinguait le commis du poète.

Pierre était sur toutes les langues mais pour des raisons personnelles, ni Simon, ni Suzanne, ni Renée ne parvenaient à le libérer. Simon, parce qu'il craignait de retrouver Pierre dans les yeux de la nièce, Suzanne, à cause de ses émotions nouvelles et incontrôlées, et Renée, par manque d'audace et peut-être aussi par crainte de froisser sa tante. Aussi s'efforçaient-ils tous trois de combler leur gêne par des paroles creuses portant le plus souvent sur les affaires courantes. Évitant de croiser le regard de Mme Viéville ou du beau ciel flamand, Simon baissait régulièrement les yeux, s'arrêtant, faute de mieux, sur la décoration florale de l'assiette creuse dont il redessinait mentalement les contours, ou sur le carrelage en damier du sol de la cuisine. Par instants pourtant, son nez indisposé l'obligeait à relever la tête : la toile cirée, malgré le soin évident que devait lui apporter la maîtresse de maison, avait des relents de serpillière. À la mine détachée des deux femmes, Simon comprit qu'il devait être le seul à être incommodé par ces effluves peu ragoûtants. L'habitude, sans doute. Mais il n'allait quand même pas faire la bégueule après avoir sagouiné le salon avec ses chaussures boueuses. Dans ces interstices au cours desquels il croyait bien avoir la nausée, il en profita pour jeter des regards furtifs et honteux vers les deux femmes aux côtés desquelles il se sentait bien.

L'unique conversation suivie porta sur son métier à Clermont : on passa en revue le commerce des chaussures, le savoir-faire des bottiers, le cuir et la croûte de vachette, les formes nouvelles de stockage et de distribution… Renée écarquillait tout ronds ses yeux comme si le monde de la chaussure avait été la pièce manquante de son univers à elle. Elle battait parfois des mains, prenait à partie tata Zaza et riait à l'idée que certains aient pu songer à fabriquer des bottes en cuir synthétique. Simon était pour moderniser le commerce de son père, une belle affaire pourtant, et bien située, vous pensez, place de Jaude en plein centre-ville… mais trop dépassée à son idée. Le paternel stockait trop. Il ne se renouvelait pas assez. Les gens voulaient du neuf. Il le disait souvent à son père. Mais les idées du fils lui passaient complètement au-dessus de la tête. Ça lui avait causé quelques tracas d'ailleurs. Simon avait finalement dû claquer la porte pour divergence de vue… *Godelureau*, ça avait été le mot de trop. Son gagne-pain désormais, il se l'assurait tout seul après s'être mis à son propre compte. Tandis qu'il expliquait les tenants et les aboutissants de sa stratégie nouvelle en matière de déstockage, Renée le regardait, émerveillée, lui, cet aventurier qui avait su dire non à son père. Ses yeux bleus qui s'engouaient pour un rien le déconcertaient. Et il ne saisissait pas davantage ces rires inexpliqués qui embarrassaient tout le monde et qui s'arrêtaient brutalement, sans crier gare. Cette gamine était décidément insaisissable. Peut-être même avait-elle un grain. À la pensée de son propre père, son regard de fillette s'assombrissait de temps à autre. Elle aurait voulu lui poser tant de questions.

La chaussure les occupa jusqu'à la fin du repas. Au mieux, la conversation fut interrompue par les bruits de siphon que les mangeurs faisaient dans l'absorption de leur potage, ou par le cliquetis des fourchettes, ou par les allées et venues de la cuisinière. De Pierre, rien. Ni la soupe ni le bœuf aux chicons amers ne parvinrent, comme c'est souvent le cas à table lorsque les goûts et les arômes l'emportent momentanément sur les affaires sérieuses, à les détourner de la semelle en cuir et de sa révolution. Les deux femmes semblaient prendre un intérêt sincère à ces plans que Suzanne surtout relançait pour avoir à éviter d'affronter le silence ou les questions de sa nièce. Malgré son soulagement, Simon s'étonnait de la tournure que prenaient les choses. Ne l'avait-on pas retenu pour qu'il parlât de Pierre à sa fille ? N'avait-on pas oublié ce pour quoi il était venu ? Quant à lui, se résoudrait-il à livrer son paquet ?

L'infusion de camomille serait prise au salon. Tandis que Suzanne s'affairait en cuisine, Renée, les bras chargés de livres et de coupons en tout genre, s'avança, comme en catimini, auprès de Simon confortablement installé dans la bergère qu'il avait décidément adoptée. Sans doute avait-elle remarqué la réticence de sa tante. Mais elle avait bien le droit de savoir. C'était son père après tout. Tata Zaza était bien bonne, mais elle avait passé l'âge d'être mise à l'écart des choses, et surtout s'il s'agissait de ses parents. Cet instant privé, délivré de sa tante, qu'elle avait attendu tout au long du repas, lui rendit son air sérieux. Elle approcha un tabouret bas en vieux chêne, et s'assit à ses côtés, au pied de la bergère, les genoux cagneux qu'elle découvrait sans pudeur, enlacés dans ses bras. Elle avait posé sur le parquet les documents qu'elle réservait à sa lecture, un peu plus tard. Il fallait d'abord savoir, comprendre comment son père avait disparu. Les questions se bousculaient à la hâte, pressée par le temps et l'impatience, mais aussi par la crainte d'être coupée par sa tante : « Racontez-moi tout, je vous en prie. A-t-il souffert ? Était-il malheureux ? Nous a-t-il crus morts ? Quand est-il parti pour Auschwitz ? Et maman, que savez-vous d'elle ? »

Simon fit le récit qu'il avait déjà fait quelques heures plus tôt. Renée le scrutait de ses yeux fixes et profonds qu'il tâchait d'éviter. Avide de tout connaître, elle semblait revivre les derniers instants du père. Elle l'écoutait comme elle aurait lu un roman, espérant lui trouver une issue heureuse, s'ingéniant à oublier, le temps du récit, que cette fin-là, irréfutable et certaine, elle la connaissait déjà. Ses deux genoux faisaient par instants des mouvements nerveux qui contrastaient avec la fixité grave de son visage. Lorsqu'elle apprit avec quelle férocité les lunettes du père avaient été brisées, ses lèvres tressaillirent involontairement. Mais ses deux yeux inamovibles ne le quittaient pas. Elle attendait. Elle espérait une suite qui ne venait pas. Ce départ pour Auschwitz avait quelque chose d'inachevé auquel elle ne parvenait pas à se résoudre. Pourquoi son père était-il mort quand cet homme, là, devant elle, cet inconnu, ce simple marchand de chaussures, en avait réchappé ? Comment avait-elle pu lui trouver des airs d'aventurier ? À côté de son père… Quelle trahison avait-il dû commettre pour survivre ? Car elle ne doutait pas, ne voulait pas douter qu'il en fût ainsi. Elle éprouva en cet instant une haine inextinguible à l'égard de ce survivant confortablement installé dans la bergère, à la place exacte que son père occupait autrefois. Ses lèvres tressaillirent de nouveau mais le souvenir de son père, placide et bon, réveilla sa conscience. La faute à pas de chance, c'était ce qu'il fallait se dire. Lui n'était qu'un pauvre bougre venu du fin fond de son Auvergne pour donner des nouvelles. Pas grand-chose, certes, mais c'était toujours ça. Au bout de quelques secondes de silence, elle prit à son tour la parole :

— Je vais vous dire, moi… je vais vous raconter le jour où j'ai vu mes parents pour la dernière fois.

Chapitre 6

— Comme beaucoup d'autres juifs, nous avions quitté Valenciennes. Nous ne savions pas bien ce qui nous attendait. Les camps, les chambres à gaz, toutes ces choses atroces, on ne savait même pas que ça existait. Le danger, ça oui, on s'en doutait, mais pour le reste… Notre père pensait que rester chez nous, c'était la mort assurée. Pour lui surtout qui avait des responsabilités, il ne s'agissait pas de s'éterniser.

Renée s'arrêtait parfois pour regarder la paume de sa main droite qu'elle compressait de son pouce gauche comme pour apaiser une vive douleur. Son visage ne montrait pourtant ni gêne ni crispation. La pression qu'exerçait le pouce, Simon le comprit très vite, suspendait le temps du récit et lui donnait, sans même qu'elle s'en doutât, le courage de poursuivre. Ses bras s'enroulaient alors invariablement, immobiles, presque rigides, autour de ses genoux noueux. Chaque chose à sa place. Elle pouvait reprendre.

— D'ailleurs il n'avait pas tout à fait tort. Parce que ceux qui sont restés ont d'abord été soumis aux restrictions des Allemands de Bruxelles. Et puis il y a eu le port de l'étoile, le recensement, comme partout. Vous avez dû connaître, j'imagine.

Puis sans même attendre la réponse de Simon, elle poursuivit :

— Et puis ça a été la grande rafle du 11 septembre 1942 qui a emporté la quasi-totalité de la communauté juive de Valenciennes. Enfin…

Elle jeta un rapide coup d'œil sur sa paume, pressa ses deux mains qui reprirent presque aussitôt leur pose emberlificotée autour des genoux. Depuis quelques instants, elle avait oublié la présence de Simon et semblait ne parler que pour elle-même.

— Nous, c'est-à-dire mon père, ma mère, grand-père Moïse et mon frère, nous sommes partis comme beaucoup d'autres vers la zone libre. Des amis de mon père nous avaient recommandé un passeur du nom de Jacques ou de Georges, je ne sais plus, pour franchir la ligne de démarcation. Je me souviens encore de cet homme élancé, à la moustache élégante, jovial même, qui plaisantait avec mon père. Le traître. Je crois qu'il était du coin. Oui, je m'en souviens comme si c'était hier. On n'arrivera pas à m'ôter de l'idée que c'est lui qui nous a vendus. Mon frère est d'accord avec moi, d'ailleurs. Il nous a vendus, balancés, ça ne fait pas l'ombre d'un doute. Si seulement je pouvais le retrouver… Je…

Ses genoux tressaillirent imperceptiblement. Une vraie sauterelle désarticulée. Simon était attentif à ces faux pas qu'elle croyait maîtriser en affichant un visage impassible. À bien y songer, elle n'était pas franchement jolie. Mais il y avait, à son sens, dans ce regard transparent, une sagesse intrépide, un je-ne-sais-quoi d'insaisissable et étrange. Si seulement, il avait pu lui aussi le retrouver. C'était à des gars comme ça, qu'il devait d'avoir connu cette Zwangsarbeitslager. Lui avait été vendu, mais par un voisin. C'était à eux qu'il devait d'avoir connu ces ZAL dissous les uns après les autres, où on trimait comme des esclaves et dont personne ne connaissait l'existence. *Vous n'étiez pas déporté ?* lui avait demandé un des types de la Sécurité militaire à la fin de la guerre. Personne n'avait entendu parler de Klein Mangersdorf. *Droit commun, alors ? Travaux forcés ?* Simon était bien en peine de leur expliquer quelle place ces camps de travail avaient occupée dans la hiérarchie concentrationnaire. Ils n'existaient nulle part. Sur aucune paperasse. Les juifs indiquaient aux alliés celui où ils avaient demeuré en dernier. Pas les autres. Klein Mangersdorf, c'était le camp de passage dont tout le monde avait oublié le nom. De retour en France, il n'avait pas remis la main sur son voisin. C'était pourtant pas faute de l'avoir cherché.

— Nous étions donc arrivés au poste. Un *Feldgendarme* qui parlait très bien le français, presque sans accent, a d'abord examiné nos faux papiers, à mon frère et à moi. Et puis, je ne sais pas bien pourquoi, ce devait être à cause du passeur sans doute, il voulut nous retenir pour un complément d'information. Mon frère, qui était plus grand que moi, plus mûr surtout, s'est mis à lui parler avec le plus grand naturel. Ses mots, vous savez, je m'en souviens encore. Ils me hantent la nuit, dans mes rêves : Nous ne connaissons pas ce monsieur et cette dame, a-t-il répondu. Soufflée, je me vois me retournant vers mes parents. Ils avaient la mine grave mais je voyais qu'ils faisaient de leur mieux pour ne pas le paraître. Ils confirmèrent qu'ils ne nous connaissaient pas : ces enfants ne sont pas avec nous. Nous ne les connaissons pas du tout. Mot pour mot, c'est ce qu'ils ont dit. Les derniers que j'ai entendus d'eux. Sur le moment, je n'ai pas pleuré.

La gorge de Renée se serra à nouveau. Elle ne devait pas pleurer. Elle leur en avait pourtant voulu sur le coup, à son père et à sa mère, de ne pas l'avoir reconnue. Elle avait d'abord cru qu'ils l'abandonnaient, elle, si petite, si frêle, qui n'avait rien connu d'autre que la protection douce et ferme des quatre mains, larges et consolantes, de ses deux parents. Mais tout ça, c'était une affaire privée. Il ne s'agissait pas de se donner en spectacle. Pas devant cet homme qui n'avait jamais vu son père se lamenter alors qu'il en avait pourtant vu d'autres. Elle toussota pour se donner de la contenance et reprit :

— Je ne pouvais pas pleurer. Je n'y arrivais pas. Je crois qu'en fait je n'y croyais pas vraiment. J'étais encore petite et j'ai mis du temps avant de comprendre que c'était à ce mensonge terrible et courageux que nous devions tous les deux d'être en vie. Nous avons passé le barrage, seuls. Et nous avons vu papa, maman et grand-père Moïse s'éloigner, accompagnés de deux policiers. C'est la dernière image que je garde d'eux. J'ai regardé le dos courbé de maman qui masquait si mal son chagrin. Heureusement, le *Feldgendarme* n'y a pas prêté attention. Une chance pour nous. Enfin, une chance… Je ne sais pas vraiment…

Renée s'arrêta. La séparation d'avec ses parents barrait son regard qui s'embua soudain, soucieux, traversé par la colère :

— Tata Zaza nous interdit de nous plaindre. On ne doit pas regretter de ne pas être partis avec eux, comme elle dit. Que c'est une chance d'être en vie. Mais elle ne se rend pas compte. J'aurais tout donné pourtant pour faire encore quelques pas avec eux. Oui, c'est vrai, nous aurions su que nous allions être à jamais séparés. Mais au moins, nous nous serions dit adieu… Mais ça, elle n'arrive pas à le comprendre. Je ne peux pas vraiment lui en vouloir. Elle ne sait pas ce que c'est. Elle qui n'a ni mari, ni enfants…

Renée appuya ses derniers mots avec une pointe de mépris. Vieille fille, c'était la vie inaboutie par excellence, insuffisante, incomplète, ratée. Tata Zaza ne pouvait se prévaloir d'aucune autorité sur elle. Elle croisa le regard de Simon qui, sans plus de femme ni d'enfants, avait froncé les sourcils avec perplexité. Elle éprouva de la honte à l'égard de cet homme qui avait vécu le pire, et de cette tante, si généreuse et si secourable, qui les avait recueillis et élevés. Elle corrigea :

— Mais elle nous aime. C'est ce qui compte au fond. Pas vrai ? Nous nous sommes retrouvés à Roumazières, dans une auberge. Nous n'étions pas les seuls enfants. La grande salle du restaurant était pleine de réfugiés. Papa et maman nous avaient donné à chacun une grosse somme d'argent, toute une partie de leurs économies, pour le cas où. Et pour dix francs seulement, l'hôtelier acceptait de nous fournir deux repas par jour et le gîte… Nous dormions par terre, à même le sol, faute de matelas suffisants. C'était inconfortable et je pleurais beaucoup. C'était même la première fois que je pleurais depuis la séparation. Je me souviens d'une grosse dame qui me prenait sur ses genoux moelleux, le soir, et me disait les mêmes chansons et les mêmes prières que maman. Je ne sais plus comment elle s'appelait… Mme Schwartz, je crois. Oui, je crois bien que c'est ça. Une brave femme et qui chantait bien. Arrivés à Limoges avec d'autres réfugiés, on comprit qu'il serait impossible de se loger. Les chambres coûtaient dans les cinq cents francs. Une fortune, vous pensez. Alors on fut recueillis par l'abbé Durand, Mlle Brun et Mlle Chambeau qui s'occupèrent de nous et de quelques autres jusqu'à ce que tata Zaza vienne nous chercher. Elle nous emmena chez M. Fontbel qui nous cacha jusqu'à la fin de la guerre…

Mme Viéville entra dans le salon, le plateau fumant plein les mains. La pièce s'était refroidie brutalement. C'était du moins l'impression soudaine qu'éprouva Simon, le corps parcouru de frissons. Lorsqu'il se tourna vers la cheminée, il constata qu'ils avaient laissé mourir le feu. Il comprenait mieux. Mais la vue de la tisane et de Mme Viéville le ragaillardit. Il se frotta énergiquement les mains, anticipant de plaisir le liquide brûlant de la tasse, bien qu'il n'aimât pas précisément la camomille, et combattant en même temps les courbatures de ses doigts encore engourdis par la froideur de la pièce. Suzanne, visiblement agacée d'avoir manqué leur entretien et de ne pas avoir pu surveiller la teneur de leurs propos, fit semblant de s'en prendre au feu puis à la négligence de sa nièce. Elle se mit à activer rageusement le soufflet en direction des quelques tisons qui se mirent à suffoquer sous l'action des gifles qu'ils recevaient. Renée, consciente des arrière-pensées de sa tante, s'empressa de jeter le petit bois dans l'âtre. Le feu repartit de plus belle.

Chapitre 7

Tandis qu'ils avalaient l'infusion « tant qu'elle était encore chaude » — ordre de la maîtresse de maison —, Renée ramassa la pile de documents qu'elle avait posée à ses pieds, une pile encombrée de brochures en veux-tu en voilà qu'elle tendit sans un mot à Simon. Avant d'y jeter un coup d'œil, il observa l'adolescente et s'aperçut que la jovialité du héron garde-bœuf avait disparu. Machinalement, elle s'était mise à tirer la paille de son tabouret qui s'était défaite avec l'usure. Ce geste trahissait surtout de l'impatience. Simon, qui malgré ses airs rustauds percevait tout, lui sourit maladroitement puis posa les yeux sur la paperasse amassée à ses côtés.

Tout le travail de Pierre se trouvait là, en vrac, dans le désordre fébrile et exalté où elle l'avait mis. Elle se fichait pas mal du remue-ménage que ça avait entraîné dans la maison, après la guerre, toutes ces recherches frénétiques, cet archivage obsessionnel et tout le tremblement, du moment que ses livres n'avaient pas été brûlés avec eux, du moment qu'ils leur avaient survécu. Elle avait eu elle aussi ses moments d'abattement. Comme tout le monde. Ces moments fous, extravagants, où l'on en vient même à douter que tout cela ait bien eu lieu. Heureusement, le bazar vivant de son père la rappelait à l'ordre. Il était la preuve tangible de son existence d'autrefois. De sa mère aussi dont il ne cessait, à chaque vers, de célébrer l'amour et la beauté. De la sérénité douillette de leur vie d'avant.

Il s'agissait pour la plupart de recueils poétiques publiés avant-guerre, de coupures de journaux qui discutaient de son travail, d'articles de presse rédigés de sa plume, de préfaces, de manifestes, de lettres — dont la dernière, écrite d'une main anonyme, *partis le 18/9/42 pour destination inconnue*. Simon tomba sur *La Revue juive du Nord* à laquelle Pierre avait vaguement collaboré. Renée lui expliqua que le journal s'était d'abord baptisé *Entre nous* avant que le grand rabbin de Valenciennes, Félix Meyer, qui chapeautait de loin la revue, ne réagît vivement. Le titre suggérait trop le repli sur soi. Ça sentait son refus de s'assimiler, c'était mauvais pour la communauté. On se creusa longtemps les méninges pour trouver un nouveau titre. L'un d'entre eux — dans son souvenir, Jules Lévy, le fondateur de la revue, celui qui les avait laissés en rade dès qu'il avait été reçu au concours de l'internat en médecine — proposa *Valenciennes juive*. Mais il fut lui aussi rejeté à cause de l'amalgame possible avec *La France juive*, le fameux torchon de Drumont. On s'accorda finalement sur *La Revue juive du Nord*, de loin le plus consensuel.

Le feuilletant, Simon fut piqué au vif : la revue s'adressait aux seuls juifs du Nord, Français israélites depuis plusieurs générations, mais pas à ces immigrés d'Europe de l'Est qui maîtrisaient mal le français, pas à sa famille, pas à son père qui s'était si longtemps exprimé dans un sabir franco-yiddish. Cela lui rappela que même au camp, il y avait ceux, les juifs plus ou moins *arrivés*, qui affichaient du mépris et même de l'aversion pour les autres, pour les Polaks. Pierre, pourtant, n'avait pas eu l'air de manger de ce pain-là… Il avait même été particulièrement amical à son égard. Sur ce coup-là, il avait manqué de vigilance.

Tandis que Simon compulsait les documents avec la précaution de celui qui n'a pas l'habitude, Mme Viéville s'était penchée par-dessus son épaule. Elle était si proche de lui qu'il pouvait sentir la tiédeur de son haleine. De la camomille mêlée à de la violette. La camomille d'accord, mais la violette ? C'était le chandail vert, sans doute. Un parfum propret qui avait tantôt imprégné Valenciennes, là-haut, depuis sa fenêtre, et qui désormais enveloppait délicieusement tout le fatras de Pierre. Il la trouvait bougrement désirable à cet instant et éprouva presque une gêne à la sentir là, si près de lui, comme si de rien n'était. Le bourdonnement de pensées inavouables s'entrechoquait dans son esprit. Il tâcha de se concentrer.

Il n'entendait rien à la poésie mais cela ne l'empêchait pas d'éprouver pour le bonhomme une admiration sincère. Une admiration qu'il dissimulait pourtant, question de fierté. Mais au fond de lui, il était épaté, il n'y avait pas à dire. Jamais Pierre ne s'était vanté de la place qu'il avait occupée avant-guerre. Il leur avait parlé de son métier d'avant, bien sûr, mais comme eux tous, ni plus ni moins. Cette discrétion le bluffait après coup, lui qui se donnait pour un oui, pour un non, sans aucune vergogne, il devait bien le reconnaître, des airs d'importance. Et c'était dans le domaine de la chaussure… Alors dans le milieu des poètes ou de la politique, vous pensez, il en aurait fait tout un pataquès.

Suzanne vénérait la poésie du beau-frère. Elle s'efforçait de partager son enthousiasme mais s'arrêtait sans le vouloir aux détails les plus vains. L'estampille des éditeurs, par exemple. Il fallait la voir. Elle s'était mise à glisser, frôlant la joue de Simon, son bras blanc et duveteux pour la lui désigner du doigt, pour le cas où il n'aurait pas eu de bons yeux. Il resta quelques secondes interdit sous l'effet de ce frôlement libre, spontané, sans calcul. Mais elle poursuivit, marquant avec emphase certaines expressions, pour faire diversion :

— Regardez l'*excellente facture* des ouvrages. Et attention ! Pas d'obscures brochures valenciennoises, du Quincy ou de ses alentours. Non. Des ouvrages *parisiens*. Regardez, lisez : Sansot et Chiberre, *7, rue de l'Éperon*, Albert Messein, *19, quai Saint-Michel*...

Elle s'appesantissait sur les adresses comme s'il s'était agi des vers les plus recherchés. En guise d'approbation, Simon hochait lentement la tête, et regardait les ouvrages de près, en faux connaisseur. Les titres des recueils la plongeaient, eux aussi, dans une sorte d'extase. Elle les lisait avec grandiloquence : *Les Voies éternelles, Nomade au manteau de soleil, Clameurs dans la nuit*... N'était-ce pas tout simplement merveilleux ? Pierre n'avait-il pas un don tout à fait hors du commun ? Simon, sensible lui aussi à ces trouvailles de versificateur, cherchait l'approbation dans le regard de Renée qui, plus circonspecte que sa tante, serrait dans ses bras le dernier texte de son père, un roman autobiographique, *L'enfant et la rage*, qui n'avait pas eu le temps d'être édité et dont elle se jurait qu'il verrait le jour. Toute cette sensiblerie, ce sentimentalisme larmoyant, la laissait de marbre. Elle avait, comme son père, un goût avéré pour le combat et tenait en haute estime son engagement pour la bonne cause. Mais sa poésie restait une énigme. Elle se combinait mal, dans son esprit, avec l'image qu'elle voulait conserver de l'homme d'action. Rien à voir avec la dent dure qu'elle lui prêtait. Au grand dam de Suzanne, elle avait fini par prendre toute l'œuvre poétique de son père pour une toquade. Et si parfois elle en refaisait secrètement la lecture, ce n'était pas tant pour en écouter la langue que pour y apprendre les détails oubliés de sa vie d'autrefois.

La disparition de cet oncle minuscule par exemple… Cet oncle de huit mois, mort d'étouffement en septembre 1908, dont Pierre alors âgé de sept ans ne s'était jamais vraiment remis, et sur laquelle il revenait sans cesse. Ses parents s'étaient présentés un matin à la porte de leur chambre, les yeux rougis de larmes. Le bébé était mort sans un bruit. Pierre avait longtemps pleuré ce frère dont il ne pouvait pourtant pas dire grand-chose sinon qu'il était tout chétif et qu'il tendait ses petits bras. Sept ans… c'était son âge, exactement, lorsqu'elle avait vu ses parents s'éloigner… Mais c'était ses parents.

Suzanne entreprit de lire à haute voix. On commença par *Les Voies éternelles.* C'était le premier des quatre. Alors qu'elle s'apprêtait à faire la lecture, elle s'interrompit dans son élan et soupira d'agacement. C'était après le préambule du célèbre Gustave Kahn qu'elle en avait. C'était chic d'être préfacé, encore fallait-il être à la hauteur. Le grand homme reconnaissait « le preste et joli mouvement » du recueil mais il pointait aussi du doigt « les erreurs de cette jeunesse qui ignore encore le prix de la concision, parce qu'il était tout jeune et que la jeunesse explique». C'était Gustave Kahn qui le disait, elle ne pouvait pas dire non. Pourtant elle corrigeait l'expert, ajoutant que l'explication avait aussi «son charme». Que la formule lapidaire avait «fait son temps». Simon, qui n'y connaissait toujours rien, approuvait ses remarques d'un oui entendu. Il commençait surtout à lui trouver des longueurs. Tout bien considéré, il se demanda s'il ne s'était pas trompé sur le compte de Suzanne. Elle prenait fait et cause pour Pierre comme s'il s'était agi d'un ancien amant, ça finissait par devenir suspect. Manquant d'attraper un torticolis, il tourna son visage vers elle pour en avoir le cœur net. À quelques centimètres de lui, là, sous son nez, elle ne pourrait pas faire longtemps illusion. Ce qu'il vit dans ces deux yeux plissés par la lecture lui déplut. Elle avait aimé Pierre autrefois. Il en avait la quasi-certitude.

Il se jura de les quitter le lendemain à la première heure. Il donnerait une bonne fois pour toutes son paquet et puis, baste, il partirait.

Chapitre 8

Simon se coucha de rage. Tout habillé, les chaussures en beau cuir fourré solidement lacées, il s'étendit sur le lit grinçant, fixant inlassablement une fissure accrochée au plafond. Le plâtre qui se détachait par endroits formait une accolade. Et Simon concentrait sur cette imperfection toutes les pensées du moment, toutes ses haines et toutes ses frustrations. D'abord, il espéra que ça tombe, d'un seul coup, en un trait vertical et sourd, et puis il s'oublia dans d'autres considérations. Dans l'obscurité de sa chambre, Suzanne ne lui apparaissait plus ni si jolie ni si aimable. Alors comme ça, elle l'avait aimé, lui, ce héros qu'il avait à peine connu et qu'il s'interdisait d'envier, ce brave qui avant et après sa mort avait été *quelqu'un*. Lui aussi aurait voulu être quelqu'un mais il n'en avait jamais eu la carrure. C'était un fait. Ses yeux fatigués tombèrent sur ses chaussures. Et qui pourrait lui en vouloir, au fond ? Toute une vie dans la godasse… ça ne faisait rêver personne. Il lui semblait que son univers était réduit à ces deux pieds, à ces deux corps étrangers qu'il ne se donnait même plus, cette nuit, la peine de déchausser. Si elle avait seulement pu voir toutes ses esquisses. Celle de la femme nue surtout qu'il avait peinte en pied, ce grand corps doré, d'aplomb, solidement bâti, qui interrogeait le spectateur de ses grands yeux étonnés — et tout ça de tête, une prouesse dont il n'était pas peu fier… L'aurait-elle vu autrement ? Peintre, dans le fond, ça valait bien poète. Mais il revit le visage de Suzanne, expressif et concentré, le nez sur les recueils. Il releva les yeux vers le plafond. *Relève-toi vite, personne ne t'a vu.* C'étaient les mots de sa mère qu'il se remémorait toujours lorsqu'il tombait. Cette phrase se gonflait chaque fois de son rire de crécelle, laid et joyeux, ce rire qui l'avait accompagné toute sa vie et jusque dans les camps. Non, jamais il ne s'était plaint. Il avait tracé sa route, une route peu glorieuse certes, mais le front haut, digne et sans trémolo.

Il se leva soudain, vérifia son bagage, se dirigea vers la fenêtre. Au cœur de la nuit, Valenciennes n'avait pas entièrement disparu. La lune se détachait glorieusement dans le ciel clair et sans nuages. Elle formait un cercle d'ivoire, paisible et régulier, sur lequel il tâchait de distinguer chacun des cratères. La journée promettait d'être belle et froide. La ville qui, à cette heure tardive, dormait à poings fermés conservait pourtant dans sa mémoire la grisaille bleutée du soir et son exhalaison de violettes. Son cœur se serra. Simon hocha négativement la tête. Tout cela ne rimait à rien. Il repartirait donc dès le lendemain avec ou sans son paquet.

Il crut soudain entendre un bruit derrière la porte. Il se leva d'un bond, tâchant de rendre ses godillots aussi légers que possible. Contenant sa respiration, il ouvrit la porte de sa chambre, qui frémit sous l'effet d'un courant d'air. Personne dans le couloir. D'où cela pouvait-il provenir ? Considérant le parquet qu'il jugea trop crissant, il se déchaussa. Il descendit l'escalier et dans la plus complète obscurité, se dirigea à tâtons, ses mains courant sur le mur. Arrivé à l'étage, la première porte qui s'offrit fut celle de la salle d'eau : la lune éclairait la pièce d'une lumière glaciale et bleue. Ses yeux qui venaient à peine de recouvrer la vue s'arrêtèrent fébrilement sur une lucarne entrouverte d'où s'engouffrait l'air froid du dehors, puis se fixèrent avec stupidité sur les carreaux nus de la douche. La vision fugace d'un corps déshabillé l'étourdit un instant. Une femme au grand corps laiteux le regardait effrontément de ses beaux yeux de ciel flamand. Simon perdait ses moyens, de fatigue sans doute, mais aussi d'émotion. Il regagna sa chambre sans même s'en rendre compte, alluma l'ampoule de son chevet qui remplit sa chambre d'une lumière vacillante, s'étendit les pieds découverts sur la descente de lit. Il revit les iris bleus, les murs nus, et s'arrêtant une nouvelle fois au plafond, il fut déçu de s'apercevoir que le plâtre ne formait pas à proprement parler une accolade. C'était à tout casser une lézarde irrégulière.

Simon ne ferma les yeux qu'au petit matin et s'endormit d'un sommeil sans rêve.

Chapitre 9

Lorsqu'il descendit de bon matin dans la cuisine, la poignée du bagage comprimé entre ses phalanges, Suzanne était déjà debout. La nuit tourmentée qu'il venait de passer, encore remplie de ses divagations, ne l'avait pas mis dans les meilleures dispositions d'esprit.

Sans crier gare, la vue de Mme Viéville lui fit aussitôt passer ses humeurs. Une odeur de café frais flottait au-dessus de la cuisinière, imprégnant les lieux du parfum épicé de son enfance. Chez lui, c'était le père qui s'employait à la décoction : café cardamome, une pratique qu'il croyait tombée en désuétude et qui, à son idée, avait toujours été une affaire d'homme. Ses narines s'épanouirent d'aise. Mme Viéville était donc une maîtresse-née, d'un savoir-faire considérable, supérieur, émérite même, puisqu'elle rivalisait avec son père. À sa robe en laine, à ses souliers et à la propreté de la cuisine, il supposa qu'elle était levée depuis un bon moment déjà.

Occupant tout l'espace d'incessants va-et-vient entre la cuisine et le vestibule, elle ne s'aperçut pas qu'il l'observait du coin de l'œil. Rudement chic ce matin. On ne lésinait pas sur la qualité, et pour ce qui était des chaussures, il en avait vu de semblables dans le centre-ville de Clermont. La qualité, il n'y avait pas à dire, ça ne trompait pas.

À y regarder de plus près, Suzanne lui semblait différente de la veille. Un peu plus lointaine peut-être, à moins que ce ne fût la tenue, mais bougrement belle en tout cas. Sur l'une des chaises paillées de la cuisine, pendouillait le même tricot rouge, en plus avancé. On reconnaissait désormais la manche d'un pull jacquard. Discrètement, Simon tâta la laine puis la palpa en connaisseur entre le pouce et le majeur : de la belle ouvrage, se dit-il. Sa mère à lui, avant d'avoir été, par nécessité, employée comme vendeuse à la *Marquise de Sévigné* de Royat, avait été petite main pour de la haute couture. Il savait de quoi il parlait. Mais tout ça demandait du temps et de la patience… Quand donc avait-elle dormi ?

— Avez-vous bien dormi ? demanda-t-elle mécaniquement. (Puis sans attendre sa réponse, elle ajouta :) Je dois sortir faire une course. Avez-vous besoin de quelque chose ?

Suzanne posa soudain des yeux inquiets sur le bagage qu'il tenait toujours agrippé entre ses doigts.

— Vous ne partez pas encore, j'espère ? J'ai fait du café frais. Vous n'avez qu'à vous en servir. Renée est partie de bonne heure au lycée. Ensuite elle a une compétition. Elle m'a dit qu'elle ne rentrerait que ce soir… Mais elle tient absolument à vous dire au revoir. Alors, je me disais que vous pourriez rester une nuit de plus, à moins que vous ne puissiez pas, bien sûr. Qu'en dites-vous ?

Simon ne se le fit pas dire deux fois.

— Pourquoi pas… oui, pourquoi pas ? Merci à vous, c'est gentil. Il ne faudrait quand même pas vous déranger pour moi… Mais enfin, puisque vous insistez… Vous dites que Renée fait de la compétition ? Quelle sorte de compétition ?

Elle ne répondit pas tout de suite, absorbée qu'elle était par l'ajustement de sa mise. D'ailleurs, Simon qui l'observait depuis la cuisine avait déjà oublié sa question : Mme Viéville enveloppait délicatement ses cheveux dans un fichu, contrôlant l'efficacité de son geste dans le miroir de l'entrée. Puis elle attrapa un épais manteau en laine d'alpaga accroché à la patère. Sans même se retourner, saisissant à pleines mains le paquet posé à ses pieds, un beau paquetage ficelé de près comme un nourrisson, elle brisa le silence et répondit à la cantonade :

— Elle fait du patinage. Elle se débrouille bien, très bien même. Pas au point de remporter une médaille, bien sûr, mais elle a un bon niveau quand même. C'est le docteur Dauvillaire qui lui a prescrit ce sport. Elle avait une malformation aux genoux depuis sa naissance. Ils sont cagneux, je suppose que vous l'avez remarqué ? Il paraît que c'est un sport qui corrige un peu. On n'en voit pas bien encore les effets. Mais enfin, que voulez-vous ? puisqu'elle aime ça…

Il se demanda ce que ce grand corps de sauterelle pouvait bien donner sur des patins. Suzanne se retourna vers lui : elle était encore changée dans sa tenue d'hiver. Le visage coupé du reste, enveloppé, comme une petite chose précieuse, dans de la laine et de la soie. La peau légèrement fardée, elle avait des airs de poupée neuve fraîchement sortie de l'usine. Du fard rose qui lui remontait sur les joues, c'était le peintre qui parlait. Il se demanda si elle était le genre de femme à poser pour lui. Ça l'étonnerait mais il le lui demanderait quand même lorsque le moment serait propice.

Il regarda sa montre. Sept heures trente. Qu'allait-il donc faire tout seul, chez elle, en attendant qu'elle rentre ?

— Cela vous dérange-t-il que je vous accompagne ?

— Bien sûr que non, venez ! Je vous sers rapidement une tasse de café bien chaud peut-être, non ? et puis, en route ! J'en profiterai pour vous montrer quelques coins de la ville.

La spontanéité de sa réponse le rassura. Si elle le traitait avec bonhomie, c'était bien qu'il n'était pas n'importe qui. Elle lui tendit une grande tasse de café au parfum flottant de cardamome. Il lui était drôlement reconnaissant d'être aussi libre avec lui. Une femme qui acceptait de se promener au bras d'un inconnu sans faire le moindre cas du qu'en-dira-t-on, une femme pareille, non décidément, ça ne courait pas les rues. Il tapota machinalement sa poche pour vérifier que ses clefs y étaient toujours, tapies au chaud au fond de sa doublure, puis posa son bagage dans un coin de la cuisine, bien visible sur un des carreaux blancs du sol en damier. Il lui montrerait tout ça à tête reposée, au moment de passer à table, pourquoi pas ? Mais il se ravisa. Il s'en voulait de tergiverser autant. Qu'est-ce qui lui faisait donc peur ? Elle n'allait pas le manger peut-être. Il était donc une femmelette qu'il ne pouvait pas le lui montrer ? Non, ce n'était pas ça. Et il savait bien, au fond, pourquoi il repoussait la chose. Le colis caché, c'était dans le fond un moyen comme un autre de faire durer le plaisir. Mais ce midi, promis, il déballerait tout. Il jeta à nouveau un coup d'œil sur son bagage et resta quelques instants songeur. À cheval entre la cuisine et le vestibule, pantois, hésitant, un peu stupide même, il se ravisa encore. Et puis non, c'était lâche de sa part d'atermoyer autant. Il était temps qu'on parle. D'ailleurs, pourquoi attendre ? On avait bien une minute pour ce genre de nouvelles. Tandis que Suzanne s'apprêtait à ouvrir la porte d'entrée, Simon court-circuita son départ et sortit tout de go :

— Vous avez un instant avant de sortir ? J'ai quelque chose à vous montrer. Je voulais le faire hier, mais j'hésitais… C'est important que je vous le montre.

Intriguée, Mme Viéville, dont la course n'était apparemment pas d'une urgence impérieuse, revint sur ses pas et entra à sa suite dans la cuisine.

— Qu'y a-t-il ? Qu'est-ce que c'est ?

Devant cet empressement inattendu, Simon termina à la hâte sa gorgée de café, s'essuya la bouche du revers de sa manche, tira à lui, avec son pied, le petit bagage, se pencha, prit le pochon et en sortit une enveloppe de taille moyenne qui contenait elle-même un morceau de papier sali et une lettre encore scellée. Il lui expliqua les vraies raisons de sa venue et se mit à présenter la chose du mieux qu'il put, avec sérieux :

— Comme je vous l'ai dit, j'avais réussi à *organiser* de quoi écrire au camp. Alors, le jour où il a été sélectionné, il a eu le temps de me glisser à l'oreille de prendre un paquet qu'il avait planqué sous le châlit et de le rapporter à sa femme.

Suzanne, qui n'avait quitté ni son manteau ni son foulard, s'était affaissée machinalement sur l'une des chaises de la cuisine. Elle ne quittait pas l'enveloppe des yeux.

— Il me répétait tout bas : *promets-le-moi, tu lui donneras, tu promets ?* Je n'avais pas vraiment le choix alors je lui en ai fait la promesse. Mais au fond de moi, je redoutais un peu de prendre un tel risque. Si on m'avait pris la main dans le sac, ça aurait été la mort assurée. La nuit, j'ai cherché le colis sous la paillasse.

Suzanne plissait ses lèvres d'impatience. Rouge de chaleur, emmitouflée qu'elle était dans un attirail trop épais pour la saison, mais aussi d'inquiétude, elle ne put contenir la question qu'elle retenait moins par politesse que parce qu'elle ne savait pas par quel bout la prendre et lança finalement :

— Mais c'était quoi, ce paquet ?

— Attendez, j'y arrive… Je vais vous le donner tout de suite.

Simon fit un mouvement des mains qui semblait vouloir dire qu'il allait le lui remettre. Mais absorbé par son récit et désireux de présenter les choses aussi fidèlement que possible, il le reposa sur ses genoux.

— C'était un colis soigneusement empaqueté dans son bonnet. J'ai hésité, et puis en fin de compte, je l'ai laissé là. Il ne faut pas me juger, vous savez, j'avais une frousse terrible. Une fois le S.S. qui vérifiait chaque jour le béton qu'on produisait — mal d'ailleurs, comment aurait-on pu faire autrement ? on n'avait aucune expérience… enfin baste… Un jour, donc, la barre du S.S. a traversé le béton. On a tous cru qu'on allait y passer. Heureusement, on était si jeunes, si inexpérimentés qu'ils ne pouvaient même pas s'imaginer qu'on le faisait exprès. Finalement j'ai d'abord été envoyé dans un camp disciplinaire. Je ne savais pas encore que je reviendrais là-bas, à Klein Mangersdorf. Je m'en suis voulu terriblement, vous savez, de ne pas avoir tenu parole. Ce paquet abandonné, là, sans que personne le sache... J'avais l'impression que Pierre était mort deux fois, et par ma faute par-dessus le marché.

Suzanne hochait la tête dans l'espoir de précipiter un peu la marche de ce préambule fastidieux. Simon sentit son impatience et se hâta de conclure.

— Alors quand je suis revenu à Klein Mangersdorf, je me suis promis de l'emporter avec moi, quoi qu'il arrive. Et puis je suis à nouveau parti, en basse Silésie cette fois, à Auschwitz. Tenez, il est à vous maintenant.

Puis, lui tendant le paquet d'un regard appuyé, il ajouta :

— Il en aura vu du pays, ce colis... Je l'ai trimbalé avec moi de camp en camp, et par un miracle que je ne m'explique toujours pas, personne ne l'a su.

Elle avait pris l'enveloppe avec empressement, bien qu'ignorant la cause exacte de son excitation. Il s'agissait d'abord et surtout de découvrir ce que contenait le paquet. Sur une feuille malpropre d'un journal allemand que Pierre avait soigneusement pliée en quatre, un poème était rédigé au propre, d'une écriture ferme, appliquée, sans rature. Suzanne l'identifia immédiatement : c'était à n'en pas douter la calligraphie du mort. Elle reconnaissait cette graphie de maître d'école, agaçante d'application, cette écriture compassée d'homme sentencieux qu'elle avait pourtant chéri en silence. Elle le revit le nez collé à sa paperasse administrative, ses lunettes enfoncées sur ses deux narines. Pourquoi ne lui avait-elle jamais avoué ? Il l'aurait peut-être aimée, elle, mieux que sa sœur… Ils auraient fui ensemble et Pierre vivrait sans doute encore à cette heure.

Lorsqu'elle eut terminé la lecture, Suzanne eut la vertigineuse sensation de perdre pied. Elle ne pleurait pas mais son visage fermé exprimait la confusion et même la colère. Car ce poème, dont elle se fichait pas mal au fond qu'il fût ou non réussi, déterrait les morts. Cette brutale divulgation, faite de surcroît par un étranger, tenait à ses yeux de la profanation. Elle regarda fixement Simon. Elle lui en voulait de lui imposer une lecture dont elle se serait évidemment passée. Sa présence indiscrète surtout l'exaspérait, bouleversée qu'elle était de tenir enfin entre ses doigts les derniers mots du seul être qu'elle avait aimé. Avec les années, Suzanne s'était même convaincue que cet amour avait été réciproque et secret, mais elle craignait que ce jour glacial ne lui révélât d'autres secrets moins parfaits.

Devinant tout des pensées de Suzanne, Simon se

sentit mal à l'aise. Il se voyait en intrus, en parasite même, et s'en voulait terriblement. Mais il ne comprenait pas tout. Il mettait sur le compte de ses propres tergiversations le regard glacé qu'elle posait sur lui. Il n'aurait pas dû attendre si longtemps, se disait-il, avant d'aller au casse-pipe. C'était clair comme de l'eau de roche. Ce qu'il aurait dû faire, c'est en parler tout de suite, avec courage et sans détour. Il l'observa avec une tristesse infinie et lui tendit ensuite, avec fébrilité, la lettre cachetée. Il avait eu tout le loisir de lire le poème mais il se demandait bien quel secret renfermait cet autre courrier adressé à son épouse. Suzanne déchiqueta l'enveloppe.

Ma Bien-Aimée,

Bientôt, je te reverrai. Je retrouverai la clarté de tes yeux et la caresse de tes cheveux. Et nos larmes seront de joie. Notre foyer nous sera tendre, si tendre… Tout changera. Nous vivrons ardemment au milieu de nos proches et de nos livres retrouvés. Et le cours ordinaire de vos vies nous sera plus précieux que de l'or. Ma bien-aimée, ta pensée seule soulage mes souffrances…

La lettre entière parlait de la vie qu'ils auraient ensemble, plus tard, après le camp. Pierre ne se doutait probablement pas que Françoise était déjà morte. C'était un rêve d'ailleurs, plutôt qu'une lettre, une promesse pleine d'espoirs, un songe éveillé qui n'était pourtant pas celui de Suzanne. S'y reprenant à plusieurs fois, les yeux embués de larmes, elle relut ces mots, se refusant à comprendre. Son corps l'instruisit avant son esprit, qui fut secoué d'un sanglot sonore et inconsolable. Les dernières paroles de Pierre allaient toutes à sa femme, à cette sœur qu'elle n'avait jamais voulu voir comme une rivale. Pourquoi donc s'était-elle tue à l'époque ? Serait-il parti avec elle ? L'aurait-il repoussée ? Elle voulait se convaincre du contraire. Mais reposant une nouvelle fois ses yeux sur la lettre, le doute ne lui était plus permis.

Mal à l'aise, Simon empoigna sa tasse de café et, bien qu'il n'y eût plus la moindre goutte au fond du récipient, il fit mine de boire. Renversant ostensiblement sa tête en arrière, il loucha sur Suzanne, sur ce regard dévasté par le chagrin. Il reconnut ces cils faméliques, mouillés de larmes, fardés d'amertume. Qu'est-ce qu'elle disait donc, cette lettre, pour qu'elle se mît dans de tels états ? Il se sentit impuissant. Pour se donner de la contenance, il se mit à tapoter l'enveloppe, distraitement, en attendant que ça passe.

Soudain, il sentit sous ses doigts une épaisseur suspecte. Quelque chose était resté au fond de l'enveloppe. Manquant de la déchirer, il l'ouvrit avec précipitation, avide de connaître ce qu'elle contenait. Il en sortit une bandelette de papier dérisoire sur laquelle était inscrit le nom d'un homme, une profession accompagnée d'une épithète incompréhensible : *Georges Debroeck, douanier Bon-Secours.* Il espéra trouver une explication en retournant le bout de papier. Rien d'autre n'était écrit. Il relut une fois encore, sans plus de lumière. Suzanne avait depuis quelques secondes relevé la tête et fixait les gestes de Simon avec perplexité.

— Qu'est-ce que c'est, ce bout de papier ?

— Tenez, lisez. Je ne sais pas.

Simon scruta le visage de Suzanne et tâcha d'y surprendre une illumination quelconque. Mais sans plus de réponse et pour combler le silence qu'il commençait à trouver un peu long, il ajouta :

— C'est Pierre, je suppose, qui a noté ce nom.

C'était histoire de parler car l'écriture de Pierre, si reconnaissable, ne souffrait aucune ambiguïté. Mais Simon n'aimait pas le vide. Dans son appartement, à Chamalières, qui lui servait aussi d'atelier, le bouton de la radio était continuellement tourné. Car le jardin municipal sur lequel donnait sa fenêtre, morne et déserté, n'était égayé à partir du printemps que par le roucoulement de quelques pigeons qui se postaient sur le rebord. Devant le silence prolongé de Suzanne, il tenta à nouveau :

— C'est Pierre, vous ne croyez pas ?

L'impassibilité de cette femme était irritante. Ses yeux sans cils fixaient le morceau de papier. Soudain, leur pupille, sous l'effet de la surprise et sans doute aussi de l'effroi, se dilata démesurément. Elle venait de comprendre.

— Qu'est-ce que c'est ? Qu'est-ce que c'est, dites-moi !

— Georges Debroeck était sans doute le passeur. Pierre savait qu'il devait être douanier, en poste à Bon-Secours. C'est à la frontière belge, à moins d'une heure d'ici en tramway.

— Vous pensez que Pierre savait qu'il les avait trahis ? Qu'il espérait une vengeance ?

Suzanne passa son bras sous le nez pour sécher ses larmes. Le visage reprenait des couleurs.

— Sans doute… Même si ça ne lui ressemble pas vraiment… Mais ce que je ne comprends pas vraiment, c'est que Bon-Secours est du côté belge. Le passeur était belge ?

— Ce ne serait pas très difficile à faire, comme enquête, je vous ai bien retrouvée, vous, malgré le changement de nom…

Simon avait espéré qu'en disant ces mots, Suzanne comprendrait le mal qu'il s'était donné pour arriver jusqu'à elle. Tout ce parcours du combattant, les recherches dans le bottin, les enquêtes, les trains et tout le tremblement, sans compter l'accueil mi-figue mi-raisin auquel il avait dû se soumettre à son arrivée… Ils étaient à compter sur les doigts de la main ceux qui se seraient donné un mal pareil. Mais il resta une fois de plus sur sa faim. Il se dit que, comme de bien entendu, elle faisait mine de ne pas saisir l'allusion.

La femme s'était mise à plier soigneusement le poème, la lettre et la fine bande de papier et les glissait tous trois dans l'enveloppe, avec une tendre délicatesse, reléguée à sa plus complète insignifiance.

Puis, comme si rien n'avait existé, elle déclara :

— Je dois y aller. Vous, faites comme vous voulez. Je ne suis vraiment pas en avance.

— Pardon, si je vous ai retardée, répondit-il sèchement.

Suzanne, surprise, ne s'attendait à ce que ce petit bonhomme puisse être susceptible. L'air renfrogné qu'il arborait le rendait adorable. Ce qui lui restait surtout en travers de la gorge, c'était la désinvolture avec laquelle elle l'invitait ou non à l'accompagner.

— Ce n'est pas ce que je voulais dire. Je suis désolée que vous ayez pu croire ça. Écoutez, venez avec moi jusqu'à l'hôpital, nous causerons ensemble, à moins que vous n'ayez autre chose à faire, bien sûr…

— Non, non, balbutia-t-il. Je vous accompagne.

— Nous ferons un crochet par l'appartement d'Henri, mon neveu, vous vous rappelez? c'est son jour de repos.

Chapitre 10

Lorsqu'ils furent sur le perron, son arrivée pluvieuse, l'accueil déplaisant, la maison protocolaire, tout cela lui revint aussitôt en mémoire. Il eut l'impression que son arrivée était vieille de plusieurs semaines, les deux femmes lui étaient devenues si familières… Au point de se sentir presque chez lui.

Chamalières ne lui manquait décidément pas.

Au petit matin, la ville elle-même avait une autre tête. Briqués de près après une bonne soirée d'averse, les murs de Valenciennes reluisaient. Propres comme un sou neuf, se dit-il. Le temps était clair, pas à proprement parler ensoleillé, mais lumineux en dépit des nuages. L'automne avait pris ses marques, et depuis plusieurs jours au moins. Simon n'avait pas eu le loisir de s'en rendre compte la veille. Entre chien et loup, on n'a pas vraiment de bons yeux. D'ailleurs ça s'expliquait : en Auvergne, l'arrière-saison ne s'installait vraiment qu'en octobre. Alors par routine, il n'avait pas prêté attention aux particularités climatiques du Nord. Mais il devait bien avouer que l'automne allait comme un gant à la ville, elle qui était de la tête aux pieds recouverte de briquettes de parement, à moins que ce ne fût de la brique tout court, rouges justement, ou bien ocre. Oui, rouge, c'était bien ça, la ville était rouge. Où donc avait-il pêché qu'elle était grise ? Les briques s'alignaient à perte de vue, couperosées pour la plupart. Parfois, une maison basse de plafond, blanchie à la chaux, faisait une pause dans le paysage et Simon s'arrêtait malgré lui à la lèpre qui cisaillait ses murs.

Ils firent ensemble le chemin jusqu'à l'hôpital du Hainaut recouvert — Valenciennes n'en était pas peu fière — de son nouveau toit en béton armé. Il ne fut plus question du colis. Simon écoutait Suzanne faire l'historique de sa ville avec un intérêt que seul le désir pouvait expliquer. Il l'observait parfois du coin de l'œil. Elle avait l'air de trouver ça naturel de vadrouiller avec lui, côte à côte, au vu et au su de tout le monde. Elle saluait les gens, la boulangère d'abord à laquelle elle acheta une ficelle, puis deux voisines, d'un bonjour haut et fort, jovial et sans scrupule. Elle laissait les curieux dans l'expectative, sans faire les présentations. Cet inconnu les intriguait, ça crevait les yeux. Mme Viéville prenait un malin plaisir à les laisser sur leur faim. Sans s'arrêter, elle poursuivait son circuit, en guide touristique impliquée. La guerre avait fait de sacrés dégâts dans le Nord et, malgré tous les efforts de reconstruction de la municipalité, on ne pouvait ignorer que la ville, de la place d'Armes à l'hôpital, avait drôlement morflé. Un dépôt de carburant avait provoqué un formidable incendie dans le cœur de la cité. Et en quelques heures, le centre était parti en fumée. Brûlé avant même l'arrivée des Allemands, il fallait le faire… Simon était heureux. Il ne se remettait toujours pas de cette promiscuité inattendue avec une femme. Ça faisait déjà un sacré bout de temps qu'ils étaient partis. Il aurait pu prolonger la promenade de plusieurs heures. Il regarda sa montre. Nom de Dieu, trente minutes seulement.

Suzanne devait se rendre à l'hôpital pour y déposer du linge, des lainages et de la layette qu'elle confectionnait chaque semaine pour les plus démunis. Une collecte s'était organisée après la guerre, alors elle avait tenu à y contribuer à sa manière. Simon sourit en repensant au tricot rouge boucher qui avait grandi d'un bras en une nuit. Au train où allaient les choses, aucune crainte, ils passeraient l'hiver au chaud, les miséreux.

Ils firent un crochet par la rue de l'Intendance où se trouvait la synagogue. La communauté était petite, beaucoup plus réduite qu'à Clermont. Cinq familles à tout casser. Avec les Meyer, les Villar, les Schnerf et les Cahen, la famille Weill composait l'essentiel de ses coreligionnaires. Comme la majorité des juifs du coin, ils étaient originaires de Lorraine. Suzanne évoqua leurs tribulations à travers la France. Au gré des guerres, ils étaient partis de Metz pour Valenciennes, puis de Valenciennes pour Toulouse. Ensuite ce fut Paris pour finalement revenir à Valenciennes. Beaucoup d'entre eux étaient même allés s'installer au Brésil au moment de la guerre de 70. Mais elle n'en avait jamais eu la moindre nouvelle. C'était bête quand même d'avoir de la famille en Amérique et de la perdre de vue. Simon se demandait si elle regrettait d'avoir rompu avec cette branche ou si elle déplorait de ne pas avoir de pied-à-terre possible de l'autre côté de l'océan... Ce mauvais esprit qu'il tenait de son père faisait long feu à côté de Mme Viéville. Malgré l'agacement qu'elle lui inspirait par instants, il l'écoutait religieusement.

Soudain, taraudé depuis la veille par une question qui ne le quittait pas et qui lui avait donné autant de mal, Simon profita de l'occasion et se lança :

— Pourquoi avoir changé votre nom ?

— Comment ça ?

— Je veux parler de Weill. Pierre s'appelait bien Pierre Weill... Alors pourquoi l'avoir changé en Viéville ?

Suzanne n'hésita qu'un quart de seconde. Après tout, elle n'avait rien à cacher. Elle sentait poindre le reproche derrière la question, mais c'était le cadet de ses soucis. La chose avait été digérée depuis un bon bout de temps.

— Ah ça… Ça n'a pas été une partie de plaisir, vous savez. Changer de nom, c'est toujours un crève-cœur. Mais après la guerre, j'ai fait comme beaucoup. J'ai caché mes origines pour protéger les enfants. Ça doit vous scandaliser sans doute mais il faut comprendre. Pierre, malgré les apparences, malgré les discours, était un grand naïf. C'était un idéaliste. Il n'avait pas prévu la catastrophe.

Simon non plus n'avait rien vu venir. Est-ce qu'elle aurait dit de lui qu'il était naïf? Elle était drôle, celle-là, de donner des mauvais points après coup… D'ailleurs, à la réflexion, c'était faux : Pierre n'était pas naïf. À bien y songer, il était même remarquablement lucide. Il avait compris très tôt que le S.S. l'avait à l'œil. Il ne comprenait pas pourquoi il était toujours saqué à la soupe et s'en était plaint, entre soi. Lui n'avait que le bouillon — c'est-à-dire, celui d'avant la famine —, jamais les patates du fond. Et puis un jour, il avait surpris le regard du cuisinier croiser celui du S.S. et leur avait dit, à lui et aux camarades, que ça sentait la fin. Il ne s'était pas trompé. Elle était drôle celle-là : qu'est-ce qu'elle savait de leur naïveté à eux?

Suzanne poursuivit avec animation :

— Et jusqu'au bout, il n'a pas voulu la voir. Une nouvelle vague d'antisémitisme était toujours possible, c'est sûr. Mais il croyait fermement aux valeurs de la France…

Apercevant de loin une connaissance à elle, Suzanne baissa la voix et reprit la posture digne et flegmatique d'une femme au bras d'un inconnu :

— Mme Viéville… Monsieur… Vous êtes dehors de bien bon matin…

La vieille femme, corsetée dans un imperméable sans âge, tenait manifestement à ce que son *vous*, qui s'adressait à eux deux, eût un nom et une identité. Suzanne n'avait pas encore réfléchi au statut à donner à Simon. Elle croyait bien le connaître mais pouvait-on vraiment se familiariser en un laps de temps si court ? Suzanne se sentait donc incapable de donner le moindre éclaircissement quant à la présence de cet homme.

— Je vais à l'hôpital, vous savez, comme chaque samedi…

— Mon Dieu, mon Dieu, ma pauvre, vous avez bien du mérite de donner comme ça de votre temps à ces vauriens…

— Allez, allez, madame Ducornez, ce ne sont pas des vauriens… Ils sont juste sans le sou. Bon, je file… Passez une bonne journée ! cria-t-elle en passant son chemin.

Lorsque la vieille femme fut hors d'atteinte, elle ajouta :

– Quelle vieille bique ! Vous avez vu avec quelle insistance elle vous observait ? Ah mais, elle ne saura rien, absolument rien !

Qu'aurait-elle pu savoir au fond ? se disait Simon. Suzanne marcha quelques secondes, perdue dans ses pensées, secouant la tête avec désapprobation.

— Qu'est-ce que je disais donc ? Ah oui, Pierre… Les valeurs de la France. Je disais donc qu'il y croyait dur comme fer à ces valeurs. Au droit, à la tolérance, à toutes ces choses… L'affaire Dreyfus, pour lui, c'était du passé. Il était même persuadé que c'était un accident de parcours. Vous savez, il avait une théorie bien à lui, une théorie bien huilée dont il nous rebattait les oreilles : les Français étaient trop individualistes pour obéir aux ordres ; ils étaient plus sensés que les Allemands, toujours prêts, eux, à marcher au commandement, au garde-à-vous derrière un entraîneur ; les Français ne pourraient jamais se laisser embrigader par le premier *Oberleutnant* venu… Il a certainement dû comprendre son erreur, là-bas, n'est-ce pas ? Le pauvre, ça a dû être une terrible désillusion…

Simon songea à Pierre. Rien à voir avec celui qu'il avait connu les derniers temps. Pouvait-il lui dire que le Pierre qu'il avait quitté n'avait plus rien de pacifique ? Il la transportait même sur lui, sa haine. Sous ses vêtements. Dans ces camps de travail, les prisonniers portaient une tenue de civil, cisaillée de deux étoiles sur la veste et d'une autre sur le pantalon. Et un chiffon, jaune le plus souvent, qui remplissait les trous. Si bien qu'ils crevaient de froid, même en civil. Alors Pierre, et lui aussi d'ailleurs, se tapissait le ventre des journaux qu'on récoltait, des pages en allemand qu'on ne pouvait pas remplir de poèmes et qu'on barrait de mots injurieux. C'était peut-être pour ça qu'il leur avait écrit ce dernier message. Pour qu'on se souvienne. Pour qu'on le venge peut-être ?

— Renoncer à votre nom, je peux encore le comprendre, mais à votre religion…

— Je n'ai pas renoncé à ma foi, répondit-elle sèchement. J'ai renoncé à montrer aux autres que je suis juive, que nous sommes juifs. Je le cache, les gens ne le savent pas et c'est bien comme ça. Le nom n'est qu'une étiquette au fond. Et puis vous savez, ce n'est rien à côté du reste… Pierre m'en aurait terriblement voulu. Mais je l'ai fait par amour. Par amour pour les enfants, pour le cas où tout cela recommencerait…

— Qu'avez-vous donc fait ?

— Eh bien, par exemple, j'ai fait baptiser les enfants. Et moi aussi par la même occasion.

Simon l'observa. Pouvait-il lui dire que ça n'aurait pas changé grand-chose ? Il maugréait sec dans sa barbe. Il sentait bien que cette décision avait dû lui coûter. Mais il ne pouvait s'empêcher de la condamner. Lui-même avait réagi si différemment. Dans sa famille, on ne rigolait pas avec la religion, guerre ou pas guerre… Simon préféra se taire. C'était mieux pour tout le monde.

Ils arrivèrent enfin devant l'entrée de l'hôpital. C'était là qu'Henri faisait son internat depuis la rentrée. Un bâtiment imposant où l'on avait longtemps enfermé les *insensés*. C'était le mot de Suzanne. Vu ses dimensions, se dit Simon, il devait y en avoir eu un paquet… Valenciennes avait dû être une ville de fous.

— Attendez-moi ici, j'en ai pour une minute.

À la taille de l'hôpital, Simon se dit que la minute risquait d'être un peu longuette. Alors pour tuer le temps, il flâna dans la cour d'honneur. Le dispensaire, avec ses quatre corps de bâtiments principaux élevés d'un étage, avait quelque chose d'intimidant, de solennel. Il sentit un violent picotement dans l'estomac. Tout cela était si différent de ce qu'il avait vécu. Il repensa à son arrivée à lui, après sa libération par les Américains, à l'hôpital militaire, à leur hilarité lorsqu'il leur avait dit qu'il voulait se battre à leurs côtés, lui, ce squelette ambulant, avec ses vingt-neuf kilos pour son mètre soixante… Il se rappela la nuit, terrible, les brancards en tous sens, et ce Français qui gémissait sans discontinuer : pourquoi on m'a fait ça ? j'étais pourtant pas juif… Il s'en souvenait bien de ce retour en terre française. On peut dire qu'il avait été gâté. Aucune nouvelle des parents. Et puis ce silence… ces

Français mal à l'aise, gênés, si peu enthousiastes de le voir revenir… Décidément, il ne pardonnait pas. Il ne pardonnerait jamais.

— C'est fait.

Suzanne avait posé la main sur son épaule. Elle avait fait vite. Il tressaillit puis la regarda. Et elle ? Pourquoi avait-elle renié sa foi ? Elle leur faisait du tort à tous dans le fond. Et puis, elle donnait de l'eau au moulin de tous ceux qui souhaitaient leur disparition. C'était mal de sa part. Très mal même. Sous sa paume, Suzanne avait senti la réticence de Simon. Il s'était imperceptiblement reculé, mais suffisamment quand même pour qu'elle le perçût et qu'elle en éprouvât de la peine. Il avait beau dire, elle ne ressentait aucune honte à avoir voulu protéger les enfants. Elle aurait voulu l'y voir. Ils se fondaient dans la masse et personne ne viendrait plus les tourmenter. À part Henri, bien sûr, puisqu'il était circoncis. Pierre ne l'aurait certainement pas approuvée. Il était d'une telle étroitesse d'esprit sur la question. Mais elle mettait les hommes au-dessus de Dieu. Quel mal y avait-il du moment que c'était fait par amour ?

Ils marchèrent silencieusement à travers la ville. L'estomac vide de Simon faisait des borborygmes qui rendaient toute conversation sérieuse impossible. Le café sans sucre l'avait achevé. Il aurait voulu discuter, la persuader qu'elle faisait fausse route. Mais c'était quelque chose qu'il avait déjà eu cent fois l'occasion de vérifier là-bas : quand on crève la dalle, il n'y a pas moyen d'avoir les pensées claires. Et puis, baste, il remettrait ça à plus tard. D'autres occasions se présenteraient et il ne les laisserait pas passer, cette fois. Et puis à quoi bon ? Elle devait avoir ses raisons. Ils passèrent par la place d'Armes. Simon reconnut son marchand de parapluies. Mon Dieu, tout était passé si vite. Arrivée devant une maisonnette divisée en appartements, Mme Viéville annonça avec malice :

— Tenez, nous sommes arrivés chez Henri. Je vais vous le présenter. Ne soyez pas surpris s'il est un peu, disons, excentrique. C'est un brave garçon, tout de même.

Chapitre 11

Après avoir gravi les deux étages d'un escalier qui aurait drôlement mérité d'être rafraîchi, Suzanne et Simon attendirent qu'on vînt leur ouvrir. À l'image de la maison, la mezouzah était badigeonnée, comme par un fait exprès, d'une pellicule de poussière impeccable. Une jeune femme entrebâilla la porte avec suspicion. À la mine circonspecte qu'elle affichait, il était clair qu'elle n'attendait personne, et qu'elle ne tenait pas non plus à être importunée. Son visage pourtant se dérida vaguement lorsqu'elle reconnut Mme Viéville.

— Oh c'est vous ! Mais vous auriez dû prévenir, je vous aurais préparé un petit quelque chose…

La jeune femme s'essuya les deux mains sur son tablier, l'air de dire qu'on arrivait au milieu de la danse. Elle prit quand même sur elle :

— Allons, entrez, entrez !

— Ne vous dérangez pas pour moi. Je reviens juste de l'hôpital… Henri est là ? Je venais seulement vous présenter ce monsieur qui est venu exprès du Puy-de-Dôme… Henri est là ?

On entendit de loin la voix aigrelette et nerveuse d'un homme pourtant jeune.

— Je suis là ! J'ai reconnu ta voix… Entre !

Ils entrèrent tous deux dans un appartement exigu et mal entretenu. Un papier peint fleuri datant de Mathusalem s'effrangeait aux rainures. Il n'en fallait pas davantage pour scandaliser Simon. Un pareil laisser-aller, tout de même, c'était un monde. En longeant la cuisine, il s'aperçut que la vaisselle de la veille était encore dans l'évier. « D'hier, et peut-être même d'avant-hier… », commenta-t-il mentalement avec répugnance. Rien ne l'indiquait avec certitude mais Simon, en son for intérieur, était formel : dans une autre vie sans doute, il avait dû être expert en coagulation de graisse. Il pouvait dire, à la consistance et à la couleur d'un reliquat de mangeaille, l'accommodement et la fraîcheur de l'aliment. Un reste de la guerre sans doute. Il se mit à secouer imperceptiblement la tête avec répréhension. D'où venait cette réputation des gens du Nord ? il se le demandait bien. Il suivit des yeux la femme qui, après avoir grommelé quelques mots inaudibles, partit s'enfermer dans la cuisine. Simon se figura qu'elle était allée préparer un café. Mais elle ne reparut plus.

Un homme qui devait être Henri était installé au

salon. La table à manger avait fini avec le temps et l'usage par faire office de bureau. Simon en déduisit que la tablette de la cuisine devait faire amplement l'affaire aux *heures de table* — il aimait bien cette expression dont il trouvait qu'elle faisait très chic. Mais il devait bien reconnaître qu'elle ne cadrait pas avec le décor. Partout où il posait son regard, quelle négligence. Les bibliothèques renfermaient des rayonnages disparates où les livres pouvaient côtoyer des verres à pied, une pile de torchons pliés à la hâte, ou encore un fer à repasser. Et à côté de ce fatras sans queue ni tête, des piles de dessous de verre à bière s'entassaient, elles, en colonnes nettes et impeccables. Sans la moindre logique. Il aurait voulu rentrer chez Mme Viéville, retrouver sa Mona Lisa, ses braises réconfortantes et le moelleux de sa bergère, toute cette maison où il se sentait déjà chez lui.

Autour du jeune homme — *jeune*, ce n'est pas exactement le mot qu'il aurait choisi car il n'y avait, à bien y regarder, rien de juvénile dans ce visage — s'empilaient des manuels de médecine et des carnets de notes. Henri faisait son internat. Le fait est qu'il devait être jeune. Une vague conscience de la malpropreté de son intérieur le fit s'agiter. Le garçon se mit à bredouiller quelques mots qui devaient sans doute servir d'excuses :

— Faites pas attention… un peu le bazar… désolé.

Simon l'observait. Henri était un drôle de petit bonhomme à peine plus haut que lui et qui clignait de l'œil, pour peu qu'on l'observât de près, avec une nervosité d'animal apeuré. Malgré la proximité de leur gabarit, Simon ne se sentait rien de commun avec le garçon. L'agité du bocal, comme Simon l'avait surnommé mentalement, s'était mis en tête de ramasser activement tout son fatras afin de dégager un minuscule coin de table. Son père à lui aurait dit qu'il *travaillait du chapeau.* C'était une expression bien à lui et qu'il lui laissait, n'en ayant jamais vraiment trouvé l'usage. Pourtant — et Simon en avait l'intime conviction — aucune autre expression n'aurait su mieux dire ce qu'était cet homme : Henri travaillait *réellement* du chapeau. Il multipliait les déplacements avec une prodigieuse inefficacité. Enfin, pour couronner le tout, il se lançait dans des soliloques à bâtons rompus, se chargeant des questions autant que des réponses, si bien que, perdu dans ses pensées, il s'arrêtait au beau milieu d'une phrase ne sachant plus que faire d'un dossier qui semblait être arrivé dans ses bras par l'opération du Saint-Esprit. Suzanne lançait des regards amusés à Simon, lui signifiant par là que la situation n'était pas inédite. Au terme d'un temps qu'il semblait avoir scrupuleusement minuté, Henri décréta que sa tâche était terminée et que son entreprise de déblaiement avait été rondement menée. Il regarda la table du salon, pourtant toujours à moitié ensevelie sous les dossiers et, avec une inexplicable satisfaction, invita ses deux hôtes à prendre siège. Ils s'assirent chacun sur ce qui leur tombait sous la main, un fauteuil de bureau et un tabouret. Puis Henri les abandonna quelques instants pour faire un saut à l'office avant de reparaître les mains vides, l'air piteux, sans plus d'explication. Simon ne comprenait pas bien ce que la femme trafiquait en cuisine mais le fait est qu'elle ne reparut plus. Là encore rien ne semblait étonner Suzanne. Le port toujours altier, la mine impassible, elle conservait cette dignité des femmes du monde — qu'elle n'était pourtant pas — parfaitement indifférente aux bizarreries de la maison.

Sans café ni tartine, ils entamèrent donc la conversation. Henri adressa quelques mots de civilité à son hôte qui déclina son identité, retraça ses tribulations, évoqua sa courte cohabitation avec Pierre, puis son retour en France, seul. Henri ne perdait pas une miette du récit tandis que son œil clignotait toujours de manière spasmodique. Il l'interrogeait sur le moral de son père à la fin de sa vie, sur ce qu'il disait d'eux et de leur mère. Il parla pour la première fois de la besogne qu'il avait faite à sa place, sans avouer qu'il s'agissait de lui. Ces dernières forces qu'il lui avait volées, il ne les assumerait jamais. Puis Simon, qui avec les années avait oublié la plupart des paroles de son camarade, brodait un peu pour faire plaisir. Sans être dupe, Suzanne lui savait gré de ses mensonges réconfortants. Le récit pourtant tourna rapidement court : comme elle n'avait, semble-t-il, pas dans l'idée de s'éterniser, la femme plongea sa main dans le manteau qu'elle n'avait pas quitté et que son neveu n'avait pas eu la présence d'esprit de suspendre à la patère, et lui fourra sous le nez la bandelette de papier :

GEORGES DEBROECK, DOUANIER BON-SECOURS.

L'œil d'Henri fixa les quelques mots sur le papier. La cessation de ses clignements lui donna l'air plus stupide encore. Il était impossible à Simon de se détacher du spectacle. Il avait, sans mentir, des faux airs de hibou grand duc auquel il n'aurait plus manqué que de grandes aigrettes noires sur la tête. Le lascar était décidément une source inépuisable d'incompréhension et de curiosité. Et dans l'attente de quelque événement inouï, l'Auvergnat scrutait le moindre de ses faits et gestes. Mais il ne se passa rien, ou plutôt rien d'insensé. Bien au contraire. Henri retrouva pour la première fois visage humain. Il pivota la tête en direction de Suzanne qu'il regarda intensément.

— Alors c'était lui. Je l'aurais juré. Tu vois, j'avais raison.

— Oui, tu avais raison, répondit-elle avec une douceur résignée.

— Et pourtant, ajouta-t-il sur le ton du reproche à moitié pardonné, combien de fois t'ai-je entendue…

— Oui, combien de fois, en effet. Mais, tu vois, tu avais raison, répéta-t-elle.

— Que comptes-tu faire ?

— Moi ? rien, répondit-elle comme surprise par la question.

— Rien ? Et qu'en pense Renée ?

— Elle ne sait rien encore.

Henri la regarda puis ajouta en hochant la tête :

— Tu as raison, mieux vaut ne rien lui dire…

— Ce n'est pas ça mais il se trouve que je viens seulement de l'apprendre. C'est monsieur qui m'a tout donné, ce matin, avant de partir. Renée était déjà partie depuis un moment pour ses répétitions. Mais je compte bien le lui dire.

Alors comme ça, dans cette histoire de famille, Simon était redevenu un *monsieur*. Autant dire un étranger, un moins que rien. Cette nouvelle éviction lui hérissait le poil. C'est qu'il fallait compter avec lui, maintenant. Pas question de s'être donné tout ce mal de chien pour rien. Il entrevit tout à coup le crime. Était-il venu jusqu'ici pour venger la mort de Pierre ? Non, non, il ne pouvait être question de ça.

– … Oui, dans le fond, tu as peut-être raison. Et que comptes-tu faire ? poursuivit-il.

— Je te l'ai dit. Rien.

Le troisième larron interrompit leur échange, histoire de parler, pour faire acte de présence :

— Et si on le recherchait ? Je veux dire, si on partait à sa recherche ? Pour voir. On a le nom, on a la fonction et on a le bled, ça ne devrait pas être sorcier. Qu'est-ce que vous en pensez ?

Tandis que Suzanne, sceptique, faisait la moue, Henri se déclarait emballé.

— Ça, c'est une sacrée bonne idée.

— Une bonne idée, pour quoi faire ? insista-t-elle, pressentant une catastrophe.

— Pour savoir, expliqua Simon. Pour connaître sa vie de maintenant, ni plus ni moins. Vous savez, ça ne prêterait pas à conséquence.

Suzanne ne répondit pas mais il ne faisait guère de doute à la mine qu'elle tirait que ce projet lui déplaisait. D'abord, elle restait incrédule quant à la faisabilité de l'entreprise, mais elle était inquiète aussi de ses conséquences. Simon, maintenant qu'il avait la parole et une oreille avertie, poursuivit :

— Sinon, à quoi bon ? J'aurais fait tout le voyage pour rien…

— C'est vrai, ma tante. Tout ça n'aurait aucun sens… Écoutez-moi, monsieur Abramovitch…

— Simon, je vous en prie.

— Simon, voilà ce que nous allons faire…

L'homme l'observait avec ébahissement. Pour la première fois, il retrouvait en lui la combativité et l'engagement du père. Suzanne les observait tous deux avec une réprobation que Simon prenait pour de l'intérêt. Il fanfaronnait, échafaudait des plans, indiquait la marche à suivre tandis qu'Henri approuvait la stratégie. Les deux hommes résolurent donc de se retrouver le lendemain, place d'Armes.

Chapitre 12

Après avoir quitté les lieux, Suzanne garda quelque temps le silence, un œil maussade fixé sur le trottoir. Deux petites rides jumelles traversaient verticalement le front depuis le sourcil et Simon pouvait y lire en vrac la contrariété, l'abattement et l'incrédulité. Elle ne devait pas vouloir être venue pour ça. Elle n'avait d'ailleurs pas tout à fait tort. Tout cela sentait son improvisation. Mais ce qui l'inquiétait surtout (et que Simon ne pouvait deviner), c'était Henri. Malgré son âge, il restait le garçon fragile et fantasque qu'elle avait toujours connu.

— Alors, vous désapprouvez ? se hasarda-t-il.

— Je pense que vous faites fausse route. Je veux dire, non, vous avez raison, ce Georges est sans doute notre homme, mais vous faites fausse route en partant à sa recherche maintenant, après tant d'années.

Elle soupira, sans illusion, et ajouta en regardant une trouée de ciel entre deux immeubles :

— À quoi bon ?

Le sang de Simon ne fit qu'un tour. Tant de mollesse, ça n'était pas un monde.

— Alors il faudrait tout laisser tomber ? C'est ce que vous voulez ? Et Pierre ? Croyez-vous qu'il m'ait fait faire tout ça pour que tout se termine en eau de boudin ? C'est ça que vous croyez ? Mais il réclame vengeance. C'est ce qu'il nous dit, ni plus ni moins...

— Pierre n'aurait jamais réclamé vengeance !

— Et le papier ? Qu'est-ce que vous en faites, du papier ? Si je m'attendais... Je me serais pas donné cette peine, ah ça non ! Je serais resté au chaud, tout là-bas, dans mon atelier !

Suzanne ne répondit pas. Elle ne savait pas au fond ce qu'elle pensait vraiment de tout ça. Mais Simon ne voulait pas lâcher prise.

— Alors pourquoi être venue chez votre neveu ? Pour tailler une bavette ?

— Je ne sais pas, je ne sais pas, murmura-t-elle.

Elle libéra une longue expiration. Ce n'était ni du soulagement ni de l'agacement. Désarmée, elle pressentait qu'il était déjà trop tard. Elle releva ses yeux sombres sur lui, et une lumière blanche parvenue à s'extraire des nuages l'inonda de lumière. Simon croisa son regard. Elle pouvait être belle avec ses faux airs de poupée neuve, dans son manteau en laine d'alpaga. Suzanne lui sourit. Le bonhomme profita de l'embellie pour développer son plan, avec doigté, calmement :

— Ce ne serait pas bien méchant, vous savez. Il suffirait de prendre le tram. Et puis une fois sur place, on trouverait bien quelqu'un. Les douaniers, ça ne court pas les rues. Allez, on serait discrets, faut pas croire.

— Et puis ?

— Et puis, on reviendrait à Valenciennes. Ni vu ni connu.

— Henri ne saura jamais revenir sans lui avoir parlé.

— Mais non, pensez-vous. Je vous en donne ma parole d'honneur. Allez, promis, il n'y aura pas de vilain.

Ils rentrèrent à la maison en silence. Simon crevait de faim. Le café cardamome enfilé en vitesse, doublé de la diète imposée sans façon par le neveu, il n'en fallait pas davantage pour que les borborygmes deviennent un supplice. Il lui faudrait pourtant patienter. D'ici jusqu'à la maison, il y avait encore une bonne trotte. La faim augmentait encore la sensation d'humidité. Il regarda sa montre : décidément il lui faudrait tuer le temps. Il se mit alors à échafauder son plan avec une application toute militaire : consultation de la carte, repérage du poste des douanes, adresse dans le bottin à la lettre D, pour Debroeck, mais aussi pour douane (on ne sait jamais), horaires des trams (aller et retour), filature. Henri avait encore le bonhomme en tête. Renée aussi : élancé, moustache élégante, jovial. C'était ses mots. Mais comme le portrait datait, il faudrait sans doute rectifier le tir. Là-bas, on aviserait. Et si Henri devait l'accoster, il faudrait imaginer quoi dire. Contrefaire les touristes ? Sans bagages, ce serait suspect. Un renseignement ? pourquoi pas, mais lequel ? Décliner leur identité ? Ils courraient le plus grand danger. Car Georges Debroeck avait probablement dû se figurer, aux heures les plus enlisées de la nuit, le retour de ces fantômes qu'il avait vendus. Pierre, Françoise et grand-père Moïse n'avaient sans doute pas été les seules livraisons de son petit commerce. En bête traquée, il ne se laisserait pas faire. Alors il faudrait jouer habilement. Mais comment l'aborder ? Simon se tritura les méninges sans rien trouver qui vaille. Il remit ça au lendemain : ils utiliseraient le temps du tram pour ajuster leur manière de voir les choses. Mais Suzanne avait raison, le plus prudent était sans doute de ne rien dire. Les cogitations avaient heureusement tassé la douleur. Il regarda autour de lui.

Valenciennes s'était un peu réchauffée. Le vent était tombé. Et les rayons du soleil, malgré leurs clignotements espacés, suffisaient à donner une illusion de douceur. La lumière, qui découpait les briques jaunies des maisons, leur donnait de la dignité. Simon jeta un regard furtif en direction de Suzanne apparemment résolue à ne pas briser le silence. Mais à la vue du fard rose qui remontait sur ses joues, Simon reprit espoir. Les pâles couleurs de son visage le ranimèrent tout à fait.

— Alors, au moins, si vous vous y rendez (Suzanne acceptait donc l'idée qu'ils se rendissent à Bon-Secours), surtout ne lui dites rien.

Suzanne poursuivait le fil de ses pensées sans paraître s'apercevoir du temps qui venait de s'écouler.

— Car, continua-t-elle, il arriverait quelque chose. Je ne saurais dire quoi. Mais… c'est une chose certaine.

— Ne vous inquiétez pas. Il n'arrivera rien. Il n'arrivera rien, répéta-t-il, parce que nous ne parlerons pas. Pensez-vous, nous ne prendrions pas un tel risque… Je saurai faire entendre raison à Henri. Nous aurons du temps devant nous… Non, non, il n'arrivera rien.

À mesure qu'il discourait pourtant, Simon se sentait de moins en moins convaincu par ce silence qu'ils devraient s'imposer. Il craignait pour celui du neveu, mais il n'était pas davantage assuré du sien. Il devinait bien au fond qu'il aurait lui aussi envie d'en découdre. Quant à la manière, il ne savait pas. Il sentit malgré tout qu'il était parvenu à apaiser Suzanne. Ce n'était pas rien.

Ils rentrèrent et ne furent pas longs à se mettre à table. Les restes de la veille feraient amplement l'affaire. Et lorsque Suzanne revint du cellier avec une tarte au sucre roux qu'elle avait miraculeusement eu le temps de confectionner au matin, Simon sentit qu'il était tout à fait heureux.

Ils parlèrent peu. La chose en tout cas ne fut plus évoquée. Les quelques paroles échangées portèrent sur l'art. Simon parla pour la première fois de ses toiles, et Suzanne promit de lui jouer un morceau du concerto en *la* mineur de Bach. Non pas le premier mouvement, mais le deuxième, plus lent et plus souple, et dont elle reconnaissait une certaine commodité depuis que ses doigts, endurcis par le tricot, étaient de plus en plus souvent engourdis par des rhumatismes.

Il s'installa dans ce qui était devenu imperceptiblement *sa* bergère, coinça son crâne entre les deux oreilles du fauteuil, jeta un œil sur la Mona Lisa qui n'avait pas bougé d'un iota, puis scruta la gestuelle parfaitement rodée de son hôtesse devenue pour l'heure une *artiste* : ce violon sans visage dont les trémolos l'avaient accueilli au seuil de l'auguste demeure allait prendre corps sous ses yeux. Suzanne disposa avec une méticulosité d'horloger les partitions à jouer sur un lutrin moderne, ficha entre ses maxillaires et son épaule un bout de tissu chiffonné, prit le violon, puis se tint immobile. Bach, qu'il ne connaissait ni d'Ève ni d'Adam, ou au mieux de nom, devait être une expérience. Mais la souplesse des sons qui suivirent fut mieux que cela. Dès la première note, il reconnut les pores rougis de la brique, les reflets versatiles des pavés de Valenciennes, tout ce puzzle mobile qui l'avait guidé jusqu'à elle. Les mouvements de l'archet, cet andante leste et lent, rond et allongé, lui rappelèrent sa première déambulation dans les rues d'une ville inconnue qu'il avait d'abord trouvée laide. Grâce à elle, Valenciennes renaissait une nouvelle fois de ses cendres. Et peu lui importait au fond de savoir si tous les sons que Suzanne produisait fussent ou non d'une parfaite exactitude. Il ressortait de ce salon cossu, enveloppé de sa lumière du soir, une douce mélancolie.

Chapitre 13

Après le dîner, alors qu'il était étendu de tout son long sur le lit, l'œil fixe, les jambes dépliées en compas, Simon entendit gratter à la porte. Imprégnée de la seule lueur électrique de la ville, la chambre était restée sombre. Et ce bruit qui venait abîmer sa tranquillité l'inquiéta. D'autant qu'il ne voyait rien. Mais quand les yeux sont amollis par la confusion que la nuit donne aux choses, il faut bien que l'oreille soit sur ses gardes, se dit-il. Cette obscurité, il en avait besoin pour réfléchir. Il songeait aux détails du lendemain. Au tram, au voyage, à Bon-Secours, à leur rencontre. Et la lampe, les iris bleus du papier, l'accolade du plafond, toutes ces distractions l'empêchaient d'y voir clair. Il lui fallait du noir. On frotta de nouveau la porte. Simon se dirigea vers la poignée sur la pointe des pieds. Mais ses godillots, malgré toutes les précautions qu'il prenait, faisaient crisser le parquet. Impossible de se faire discret dans cette baraque. Lorsqu'il ouvrit délicatement la porte, Renée se trouvait là, engoncée dans son corps mal ajusté d'adolescente.

— Bonsoir, chuchota-t-elle.

— Oui, bonsoir.

C'était en fait une question qui appelait impérativement une réponse. Maintenant qu'on venait le déranger, il lui fallait le motif.

— Je… je tenais à vous remercier pour tout… C'était généreux de votre part d'avoir rapporté les affaires de mon père.

Renée se contorsionnait, mal à l'aise et prenait des poses apprêtées qui l'agaçaient. Avait-on besoin de toutes ces simagrées pour dire merci ?

— Vous n'étiez pas obligé, continua-t-elle à voix basse. Mais vous l'avez fait quand même… C'est bien, c'était très courageux.

— Pas de quoi… pas de quoi, répondit-il à la hâte avant d'ajouter d'un air bonhomme : bon, bon, allez, bonsoir.

Il allait refermer la porte quand Renée lui retint la main.

— J'ai à vous parler, murmura-t-elle plus bas encore.

Simon retrouva soudain le regard bleuté qu'il avait rencontré la veille, tous ses désirs honteux et ces rires qu'il avait fuis en contournant quelques pâtés de maisons.

— Entre, répondit-il alors familièrement.

— Non, non, je préfère rester là.

Renée qui cessa soudain toute gesticulation se dressa droite comme un i sur le seuil de la chambre. Simon appuya le bras sur le chambranle de la porte, pressentant que ça allait être long.

— Voilà : ma tante m'a tout montré, le poème et la lettre.

La jeune fille laissa couler une larme qu'elle essuya sans même y prendre garde.

— … Mais je crois qu'elle me cache quelque chose. Elle est triste, mais d'une manière étrange. Que je ne reconnais pas. Elle est… Y a-t-il une chose que j'ignore ?

Simon considéra ce visage de gamine avec bienveillance. Il ne savait pas au juste ce qui allait l'amener à répondre. Mais il se devait de le faire. Il ravala ses premiers instincts, se concentra sur le discernement qu'il croyait lire dans cette prière et se lança :

— Votre père n'avait pas laissé que ça. Il y avait un autre message : le nom du passeur et Bon-Secours, le village où il exerçait. Alors, avec votre frère, on va essayer de retrouver sa trace.

— Vous connaissez son nom ?

— Oui : Georges Debroeck.

— Georges Debroeck… Georges Debroeck…

Renée répétait ce nom comme elle aurait mastiqué

un aliment inconnu, pour y reconnaître le goût et la saveur.

— Oui, alors demain matin, répéta-t-il, avec votre frère, nous allons nous rendre à Bon-Secours.

— Je viens avec vous ! s'exclama avec enthousiasme la jeune fille.

— Non, non, pas question. Vous n'y allez pas du tout. Vous restez là et vous nous laissez faire.

Dans cette sommation décrétée là sans ménagement, Simon reconnut son propre père. La ressemblance lui déplut. Lui qui avait si souvent obéi… Non, l'autorité n'était décidément pas son fort. Et puis, il manquait peut-être d'habitude. Pierre aurait exercé son rôle avec plus de doigté, plus de diplomatie sans doute. L'autorité ne grandissait personne. Sur ce point, il était formel. En face de lui, Renée avait d'ailleurs retrouvé ses allures de gamine, la mine butée, renfrognée, presque effrontée. Seize ans à tout casser avec ses airs de malpolie. Peut-être quinze. Tout ce déballage était peut-être une erreur.

— Alors vous lui parlerez et vous partirez ? C'est tout ?

Que voulait-elle qu'on fasse de plus ? Il n'allait quand même pas tuer au moins ?

— Et quoi d'autre ?

— Je ne sais pas, moi. Mais lui parler, c'est pas vraiment… Je suis sûre que mon père aurait…

Après quelques secondes d'hésitation, Simon la congédia avec douceur, lui promettant de faire au mieux. Il tâcherait de marquer le coup, histoire de respecter les dernières volontés du mort, du moins telles que Renée se les figurait.

Lorsqu'il se recoucha, le torse bombé, les pieds toujours ficelés dans ses chaussures, il revit les lunettes de Pierre que l'on écrasait avec une rage indescriptible et imagina le pire.

Chapitre 14

Henri et Simon s'étaient donné rendez-vous dès l'aube, à l'ombre de la Tour de la Faim, une statue colossale et écrasante, plus sombre encore que la nuit. Il fallait être expert pour en distinguer les formes. Henri raconta vite fait l'histoire. Mais Ugolin se découpait à peine dans l'épais sommeil de la nuit. Simon qui n'en menait pas large cligna des yeux dans l'espoir de comprendre. Et dès qu'il les reconnut, il sentit jusque dans ses entrailles la terreur de ces enfants affamés. On aurait dit des vrais.

Tout bien considéré, il se demanda s'ils ne faisaient pas fausse route. Il était peut-être encore temps de faire machine arrière. Il songea aux avertissements de Suzanne. Avait-elle visé juste ?

Henri, de son côté, exultait. Malgré la funeste excursion qu'ils s'apprêtaient à faire, il trouvait le temps, en homme de culture, en homme expérimenté, de vanter, gestes à l'appui, sa ville et ses hommes illustres : Carpeaux, le sculpteur, qui avait, à ses heures perdues, barbouillé quelques toiles — d'excellente facture, dixit le conservateur du musée —, Watteau le peintre rococo, avec son côté *commedia dell'arte*, le voyage pour Cythère et tout le tremblement. Il ne fallait pas croire, Valenciennes avait elle aussi ses huiles et Henri n'en était pas peu fier. Et malgré l'incongruité de l'inventaire et du moment, le jeune homme poursuivait avec sa verve désarticulée une visite d'autant plus excentrique qu'à cette heure de la nuit ils ne voyaient rien. Décidément, se dit Simon, ça ne tournait pas rond. Il hocha cependant la tête, en gars qui sait se tenir, prenant des airs entendus, ne connaissant, même de nom, ni le peintre ni le sculpteur. Et en dépit de son agacement et de ses inquiétudes, il se surprit même à imaginer qu'il potasserait de près, dès qu'il en aurait le loisir, ce fameux Watteau — que, dans son ignorance, il orthographiait phonétiquement.

Peintre de Valenciennes, se disait-il, ce ne pouvait être qu'un grand homme.

Ils s'acheminèrent en un rien de temps vers la place du Marché-aux-Herbes avant d'atteindre la gare des bus, place du Hainaut. Le petit jour s'était levé. Quatre ou cinq trams aux teintes crayeuses, aux toits rougeâtres et aux fanaux lumineux étaient postés là. Simon fut éberlué : sept lignes, un tramway toutes les demi-heures, cadence renforcée aux heures de pointe. Un drôle de trafic, murmura-t-il avec une moue d'admiration. Contre toute attente en effet, la place était déjà bondée. Car à cette heure tardive de la nuit, c'étaient tous les mineurs du coin et de ses environs qui se rendaient au travail. Et les quatre voitures d'une seule rame ne suffisaient pas à les transporter tous. Lorsque nos deux hommes se présentèrent, tendant leur ticket de deux francs vingt-cinq comme des enfants pris en faute, on vit sans peine qu'on n'avait pas affaire à des habitués. Les regards obliques n'étaient pas à proprement parler hostiles, non, plutôt interrogateurs : qu'est-ce que ces deux lascars faisaient là à une heure pareille ? C'était ce qui se disait tout bas, sans penser à mal.

Le Valenciennes-Bon-Secours était garé au vu et au su de tous. Ils montèrent dans une des voitures deuxième classe du véhicule. Ils n'avaient d'ailleurs pas franchement le choix : les premières classes ne roulaient que de jour. Simon et Henri prirent place sur l'un des bancs de bois de la voiture, en face de quelques gaillards ensommeillés. L'un d'entre eux, un grand blond aux joues rougies par le froid, les scrutait de son regard clair. En croisant ces deux prunelles aux aguets, Simon se souvint du beau regard de ciel flamand qui l'avait tant irrité à son arrivée. Renée n'avait pourtant rien d'une aguicheuse. Puis, il se remémora l'auguste demeure, les battements de cils ensablés, le frottement des feuilles séchées, le parfum de violette, et cette femme enfin sans visage qu'il avait imaginée nue dans son bain.

Chapitre 15

— Vous n'êtes pas du coin, vous, baragouina soudain le grand blond, avec un accent à couper au couteau.

Sorti brutalement de sa torpeur, Simon prit la remarque pour lui, sans bien savoir à quoi s'en tenir. Il ramenait tout à sa stature, à son cheveu rare et à sa taille râblée qu'il n'avait jamais vraiment digérée. Mais c'est Henri qui prit l'initiative de lui répondre.

— Valenciennois pure souche ! Mais d'habitude, on prend le tram de jour, vous comprenez, alors…

— Et où vous vous rendez, si c'est pas indiscret ?

Simon allait retenir son compère de balancer l'histoire tout de go, mais Henri n'était décidément pas du genre à se taire.

— Eh bien, justement, nous nous rendons, mon ami et moi, à Bon-Secours.

— Je me demandais aussi. C'est pas banal de prendre le tram du Brésil quand on n'a pas l'habitude…

Les deux voyageurs froncèrent les sourcils. Content de son effet, le grand blond embraya :

— Dès que vous aurez passé la frontière belge, vous verrez, enfin… vous sentirez, y a comme une odeur de café. Toute la rame embaume sec. C'est pour ça, à cause du café et du reste, qu'on l'a surnommé le tram du Brésil. Et puis comme ça, on a un peu l'impression de voyager… Enfin, c'est histoire de dire. Parce que côté dépaysement… Et qu'est-ce que vous allez y faire de beau à Bon-Secours ?

— À vrai dire…

Simon pressa la jambe de son camarade avec insistance. Allait-il enfin se taire, bon sang ?

— À vrai dire, reprit Henri en croisant les jambes, on espère retrouver un proche, enfin… quelqu'un qui est un peu de la famille, vous voyez ? mais sans l'être vraiment. Un proche, en somme.

— Je le connais peut-être.

— J'en doute, interrompit Simon.

— Dites quand même…, insista le gars.

Ses prunelles s'étaient amincies avec le lever du soleil et, devenues bleues comme l'acier, venaient leur percer le visage.

— Vraiment, j'en doute, répéta Simon, vous…

— Pourquoi le cacher ? Il s'appelle Georges Debroeck. Il est… en tout cas, il a été douanier.

— Un douanier ? réfléchit l'homme à voix haute.

Un douanier… J'en ai connu un, mais pas sous ce nom-là. Ah, non, ça, je suis formel… Comment c'était déjà ?… Gaspard ?…Non, pas Gaspard. Y avait du *gu*, mais c'était pas Gaspard. J'y suis, c'était Gaston ! Le nom, ça j'en sais plus trop rien. Je me demande même si je l'ai jamais su. Mais Gaston, ça oui. Il est peut-être encore du service. Vous pouvez toujours y aller de ma part. Mais j'y pense, on n'a même pas fait les présentations. Étienne… Étienne Duquenne, ajouta-t-il en leur tendant la main.

Henri la lui serra de bon cœur. Et, moins idiot que fou, répondit :

— Pierre Mayer et…

— Jean Mayer, son oncle, interrompit Simon sans réfléchir, espérant qu'il ne relèverait pas la bévue (ils s'étaient d'abord présentés comme amis).

Mais comme l'autre ne sourcilla pas, Simon reprit sa respiration.

— Je fais mon internat, je suis en médecine. Une fois docteur, j'installerai mon cabinet… Tenez : là, justement… rue de Mons.

Il montra du doigt la rue par la fenêtre de la voiture. Tout était étonnamment calme. Le tramway traversait les rues en leur centre et les commerces commençaient à peine à s'éveiller. La rue de Mons plaisait à Henri pour ses balustrades en fer forgé, ses briques polies et ses façades d'une grande dignité. Il racontait sa vie future avec une multitude de détails, prévoyait tout, évaluait les causes et anticipait les conséquences. L'avenir avait à ses yeux plus de réalité que le passé dont on pouvait même alors douter qu'il eût un jour existé. Le jeune homme avait entrepris ce périple pour une raison qui échappait à Simon : si Renée ne tarissait pas sur son père, Henri n'en parlait jamais.

Étienne, de son côté, se laissait bercer par ses histoires, comme autrefois par les veillées où le père Derain, *le* lettré de la famille, leur racontait des contes à dormir debout. Il sortit un morceau de pain, du fromage, et sans même demander, en fit trois parts à peu près égales qu'il tendit aux voyageurs.

Simon mangea en silence, tandis que les récits d'Henri, dont les doigts pressaient machinalement le fromage et le pain, s'éternisaient. Il n'était pas le seul, du reste. Les passagers engloutissaient leur collation, au milieu des blagues et du baragouin bafouillés la bouche pleine.

Soudain, le tram s'enfonça dans le bois. Car pour atteindre la frontière belge, l'antenne qui rejoignait spécialement Bon-Secours traversait l'Hermitage, relique d'une forêt déjà ancienne. Chênaies sessiliflores, hêtres hygrophiles, vallons et prairies forestières, tout un monde révolu s'ouvrait à eux. Là, au milieu de la forêt domaniale, chacun se tut. Les chênes manifestement centenaires, au fût tubulaire et rectiligne, imposaient le silence. Et l'heure matinale ajoutait encore à l'étrangeté du lieu. Les arbres formaient une masse imperméable, quasi opaque, que la lumière ne perçait qu'avec difficulté. La rame avança au milieu de nulle part.

Tandis que les hommes du wagon somnolaient, Simon, qui avait machinalement appuyé sa tête contre le vitrage, se mit à rêvasser : Bon-Secours… Le nom venait peut-être de là, de ce lieu où l'on pouvait aisément se réfugier, trouver du réconfort. On racontait même que l'eau de la forêt était censée guérir les maux des aveugles. C'était de bon augure… Soudain, la traversée du bois prit fin. La rêverie du voyageur fut alors interrompue par les arômes de café que les terres belges, par un phénomène inexpliqué, exhalaient en effet. Un exotisme qui contrastait drôlement avec ces paysages endormis et qui donnait pourtant la douillette impression de rentrer chez soi.

Le tram arriva en gare de Bon-Secours, terminus d'une course dont ils n'avaient même pas, se rappela tout à coup Simon, fixé l'objectif. Ils descendirent. Le soleil était déjà assez haut, et le village, cerclé de grands arbres encore verts pour la saison, se découvrait dans la lumière froide du matin. Au bout de la rue principale, la pierre claire de la basilique Notre-Dame se découpait sur le ciel d'un bleu givré. Étienne Duquenne salua une dernière fois les deux hommes avant que d'ajouter :

— Si vous avez une minute, passez donc boire un verre au dancing, chez le géant Atlas. C'est là qu'on se retrouve après la pause. On s'y verra peut-être... Allez, je me sauve.

La rue, bruyante et noire de monde, fut très vite désertée par les travailleurs qui, comme par miracle, s'évaporèrent. Nos deux hommes se retrouvèrent seuls. Le carillon sonna sept heures. Ils se dirigèrent naturellement vers la basilique dont les pierres lumineuses leur parurent engageantes. Là, coincée entre l'église et la *Chasse royale, hôtel de la Cornette* qui faisait à la fois café, hôtel et restaurant, ils découvrirent une guérite en béton qui ne payait pas de mine. À la terrasse de la brasserie, trois individus déjà attablés sifflaient une bière tandis que, de l'autre côté de la route, l'office venait de commencer. On entendait distinctement les orgues. Au milieu de la rue, deux hommes immobiles et comme à l'affût étaient postés, casquette vissée sur la tête, les bras croisés dans le dos.

— Tu veux leur parler, ou j'y vais ? demanda Simon.

Son acolyte l'arrêta d'un signe de la main, l'air de dire qu'il saurait mieux s'y prendre. Simon le regarda partir : Henri ne marchait pas à proprement parler. Il se déhanchait plutôt, compensant un dos prématurément voûté par de petits pas de canard, brefs et décidés. Simon n'entendit pas le contenu de l'échange qu'il entamait à quelques pas de lui avec l'un des douaniers.

Mais à son geste directionnel, il comprit qu'il leur faudrait encore avancer. Henri revint le sourire aux lèvres. C'était plus loin, avait dit le douanier. Ils devraient normalement trouver leur homme à la *Maison blanche*. C'était le nom qu'on donnait à leur logis. Ils prirent alors la route de Saint-Amand en direction du cimetière, se perdirent un peu, puis reconnurent les lieux indiqués plus tôt. Les maisons rectilignes et claires n'étaient pas précisément hospitalières et les rues désertées ne contribuaient pas davantage à les rassurer. Simon repensa au remontant qu'il prendrait, aussitôt la besogne terminée, au troquet dont Duquenne leur avait parlé. Ils marchèrent encore, trois kilomètres ou peut-être quatre, avant de se retrouver nez à nez avec la *Maison blanche*.

Chapitre 16

Arrivé sur les lieux, Simon n'était pas fier. Il regarda du côté de son compagnon, histoire de se donner du courage. Impassible, Henri décrochait sa tête, comme un oiseau aux aguets, fixe, concentré, pivotant par à-coups. L'œil s'arrondissait au moindre bruissement des feuillages.

— On entre ? proposa-t-il soudain.

Pris de court, Simon sursauta. Non, en aucun cas il ne voulait entrer. Prendre ses jambes à son cou, oui, sauter dans le premier tram venu, rentrer au pays, oublier, fuir, oui. Entrer, non. Mais le visage de Renée se dressa devant lui, ferme, sévère, incrédule, dans la clarté crue de ses songes abjects. Simon releva la tête et scruta la façade immaculée de la maison qui lui faisait face. Qu'allait-il y trouver ?

— Alors, on entre ? insista l'autre.

Oui, il entrerait. Il entrerait et il tuerait cet homme.

C'était ce qu'il avait cru lire sur le dernier sourire de Renée.

— Allons-y. Mais cette fois, c'est moi qui parle, hein ?

Lorsqu'il toqua, la porte s'ouvrit immédiatement comme s'ils avaient été attendus de toute éternité. Une femme rondouillarde, accorte même, désarçonna nos deux gaillards.

— Tiens, messieurs, vous tombez bien. J'allais justement sortir faire les courses. Vous désirez quelque chose peut-être ?

Simon considéra l'heure : les commerçants de Bon-Secours devaient en effet ouvrir boutique. Il songea qu'ils avaient quitté Valenciennes à son réveil, se remémora le doux éclat du fer forgé qui courait sur les balustrades de la rue de Mons et l'origine de leur expédition. Une éternité.

Henri prit machinalement la parole :

— Bonjour madame, Georges Debroeck est-il là ?

— Que lui voulez-vous ?

Le ton était soudain devenu expéditif. Le visage tout entier avait perdu sa mine bonhomme.

— Nous sommes d'anciens camarades des douanes, interrompit Simon qui sentit qu'ils allaient tout perdre. Et, si cela ne vous dérange pas trop, bien entendu, nous souhaiterions lui faire la surprise.

La femme, qui n'était dans le fond ni sauvage ni

ombrageuse, recouvra immédiatement le sourire et les fit aussitôt entrer. Son cabas à provisions garé à l'entrée, elle tourna les talons, le fichu vert mal ficelé sur la tête et offrit à leur vue son dos replet et rassurant. Son pas vif était manifestement désireux de bien faire. Elle se posta en bas de l'escalier en chêne sombre qui leur faisait face, se dévissant le cou pour faire porter la voix. Une drôle de petite bonne femme, tout de même. La maison blanche, le dos potelé et le cabas à provisions… à mille lieues de ce qu'ils étaient venus chercher.

— Geôrges ! cria-t-elle en forçant sur le *ô* avec un clignement d'œil amusé.

Et la gouaille qui allait avec le reste… Décidément, il était encore temps de tourner les talons. Ils attendirent un instant en silence. La porte d'entrée était restée entrouverte. À quelques pas, on entendait le battement d'ailes de deux pigeons crépiter sur le pilastre de la maison. Sans les voir, Simon aurait reconnu leur tapage gauche et sonore entre mille, ce roucoulement en trois temps qui se suspendait net au début du quatrième. Il revit nettement les jardins de Chamalières. Pourquoi avait-il quitté la chaleur douillette de son atelier ? Dans l'attente de leur homme, ses idées se brouillaient. Qu'est-ce qui l'avait donc poussé à partir ? Pierre ou bien lui-même ? Il tâcha de se concentrer sur le roucoulement régulier des pigeons, un, deux, trois temps, le quatrième en suspension. Non, s'il avait tergiversé tant d'années avant de se lancer dans ce voyage, c'est qu'il devait réparer sa négligence. Il en avait fait le serment.

— Geôrges, bon sang ! Y a du monde pour toi ! Descends donc ! C'est qu'on t'attend, dis.

La bonne femme sourit de toutes ses dents aux deux visiteurs.

— Vous inquiétez pas. Il est un peu dur de la feuille. Mais il va venir.

Un bruit se fit entendre d'en haut, le grincement d'une porte, puis le pas indolent d'un individu affaibli. L'homme apparut enfin, maigrelet, portant une fine moustache, qui descendait l'escalier à pas lents. Lorsqu'il se montra finalement de pied en cap, Simon scruta du coin de l'œil Henri, resté jusqu'alors impassible. Sous le regard insistant de Simon, les deux compagnons hochèrent imperceptiblement la tête tout en échangeant un regard entendu : ce n'était pas leur homme. La soixantaine, le visage taillé à coups de serpe, le type, sans être particulièrement voûté, avait manifestement été éprouvé par la vie.

— Ce sont des collègues à toi qui sont venus te rendre une petite visite. Moi, dit-elle en retournant vers eux, je vais vous abandonner, j'ai à faire en ville.

Sans un mot, il s'approcha d'eux, leur tendant une main endurcie par la corne. Ils entendirent au loin les roulettes du cabas bringuebalées sur les pavés, avant de se taire tout à fait. Henri, qui s'était promptement approché, l'empoigna avec familiarité :

— Pierre Mayer, tu te souviens de nous, pas vrai ? J'étais avec toi, à Bon-Secours, y a, quoi, dix ans, oui, c'est ça, dix ans à peine.

L'homme toujours silencieux tendit son menton vers Simon, interrogateur, qui s'approcha à son tour :

— Jean Mayer, son oncle. J'ai travaillé un petit peu ici. Pas longtemps, pour ainsi dire, à peine un mois. Je ne suis pas resté : j'avais été muté ailleurs.

L'homme les observa silencieusement encore quelques secondes. Henri gesticulait, comme pour masquer sa gêne. Ils venaient de faire fausse route, pour sûr, et il allait falloir se dépêtrer de la comédie qu'ils étaient en train de jouer à ce pauvre homme :

— Écoutez messieurs, ma mémoire me joue souvent des tours, mais je ne me souviens pas de vous.

À ces paroles, Henri s'immobilisa.

— Enfin, ajouta-t-il, ça n'empêche pas d'être poli, pas vrai ? Vous prendrez bien un verre.

Henri avait imperceptiblement repris son clignement d'œil d'oiseau apeuré. Simon, qui reconnut les signes de son anxiété, comprit. *Vous prendrez bien un verre.* Si le visage affaibli du douanier ne leur avait rien dit, sa voix amicale et rassurante venait de le trahir. *Vous prendrez bien un verre.* Ces mots, qui vibraient encore de toute leur aménité dans le vaste corridor, firent ressurgir les heures les plus terrifiantes de leur existence. L'effroi les submergea, remontant le long de l'épine dorsale d'Henri qui, redevenu pour l'heure le garçonnet de treize ans, s'était tout à fait pétrifié. C'était lui qui avait vendu son père et l'avait livré au *Feldgendarme*. Les mots qu'il avait proférés et qui avaient condamné ses parents à mort — *Nous ne connaissons pas ce monsieur et cette dame* —, ces mots qu'il ne s'était jamais pardonné et à qui il devait sa vie, hurlaient en lui. Il fallait tenir bon, ne rien laisser paraître. Henri bredouilla un oui inaudible qui ne fit pas même sourciller son hôte. L'homme, peut-être à cause de l'âge, n'était décidément pas soupçonneux. N'osant pas tourner son regard vers lui, Simon songea très fort à ce voisin qui l'avait balancé alors qu'il n'avait pas vingt ans, à la poussière du camp dont il avait encore gardé l'arrière-goût, à Renée qui avait été privée d'un père et qui l'avait mis au défi d'agir. Il s'était promis de ne pas rester les bras ballants. Il était temps. Alors il se lança.

— Et vous ? ça fait combien de temps que vous êtes douanier ?

— À dire vrai, je ne le suis plus. Quand j'ai pris mon premier poste, j'avais dix-neuf ans. Un sacré bail, pour ainsi dire. Mais je ne suis plus en exercice depuis deux ans, oui, deux ans déjà.

— Et, depuis, tu n'as pas bougé en somme, ajouta Henri éclaircissant autant que possible sa voix.

— Non, toute ma vie, je l'ai passée à Bon-Secours, fidèle au poste.

Et tandis que Debroeck et Henri engageaient un début de conversation, Simon se baissa comme pour lacer ses chaussures. En s'inclinant de tout son corps, Simon scruta les striures du plancher étonnamment clair. Une araignée microscopique détalait à mesure qu'il la suivait du regard. Et sans cesser d'accompagner de loin sa fuite entre les planches inégales, il dénoua tranquillement sa chaussure gauche. Ses doigts opéraient selon une chorégraphie rodée, lente et gracieuse, déjouant presque les lois de la gravité. Avec la même lenteur, il glissa son pied hors de sa chaussure et le posa avec délicatesse sur le bois noueux. Les deux hommes, en parlant, s'étaient tournés vers l'escalier et lui faisaient dos. Ils s'arrêtèrent une seconde avant de pénétrer dans la pièce du fond, attendant, sans lui prêter davantage d'attention, le troisième larron. La voix d'Henri trahissait encore, par à-coups, l'effroi qu'il éprouvait devant cette familiarité pleine d'abomination. Il remarqua aussi, sans bien comprendre, le déchaussement de son camarade. À quelques lattes de distance, l'araignée qui venait de se poster, immobile et manifestement sereine, regardait Simon. Combien de temps devait durer la plaisanterie ? Devraient-ils longtemps supporter ses paroles douceâtres ? Il avait beau jeu, aujourd'hui, de leur paraître amical. Mais au prix de combien de vies avait-il conservé la sienne ? Simon se leva tout en ramassant sa chaussure. Il s'approcha des deux hommes avec un flegme qui ne les alarma pas. Il leva soudain son bras d'un geste expéditif au-dessus du crâne de son hôte dont il ne percevait que l'inoffensive calvitie et le fracassa d'un coup sec avec le talon de sa chaussure. L'homme s'affaissa dans un cri sourd. En heurtant la marche de l'escalier, il mourut sur le coup.

Chapitre 17

Simon regarda la forme inerte puis scruta le talon de sa chaussure. Le sang, par endroits, commençait à se durcir. Il ne s'agissait pas de flâner. On devait dénicher la cuisine, et au plus vite, et puis briquer le talon tant que le sang était encore chaud. Pas question de laisser la moindre trace sur lui. Alors il se mit à ouvrir convulsivement toutes les portes du vestibule.

Sonné, Henri resta quelques secondes la tête penchée au-dessus du cadavre. Puis attiré malgré lui par les gesticulations de l'autre, il releva les yeux. Chaque porte ouverte inutilement était claquée avec humeur.

— Grouille-toi, il n'y a pas de temps à perdre, déclara Simon entre ses dents. Faut se barrer et vite. Mais où elle est cette cuisine, bon sang ?

Henri, tétanisé par ce corps inexpressif qui gisait à ses pieds, ne paraissait pas comprendre.

— Tu l'as tué ? Mais qu'est-ce que tu as fait ?

Simon se retourna furieusement.

— Quoi, qu'est-ce que j'ai fait ? J'ai fait ce qu'il fallait faire !... Mais tu m'as entendu, bon sang ! Faut se grouiller. On doit pas s'éterniser. Sa bonne femme risque de se pointer d'une minute à l'autre...

— Mais pourquoi l'as-tu tué ?

Le désarroi et l'incompréhension se peignaient sur le visage d'Henri. Tout ce sang qui se répandait en torrent dans les interstices du plancher lui faisait horreur. De plus en plus nerveux, Simon pesta intérieurement. C'est qu'on n'allait quand même pas en faire un symposium. Il était drôle, lui... Le temps pressait !

— Pourquoi ? Pourquoi ? Est-ce que je sais ? C'était lui, oui ou non ?

— Oui, enfin, je crois.

— *Oui ? Je crois ?*... répéta-t-il avec animosité. Eh bien alors ? On ne va quand même pas pleurnicher...

— Non, enfin... non. Mais j'aurais voulu lui dire... lui parler.

Lui parler ? Simon, qui venait enfin de découvrir la porte menant à la cuisine, se retourna et considéra son camarade. Les derniers mots résonnaient dans son crâne. Il entrevoyait pour la première fois la portée de son geste. Par bravoure, à ce qu'il croyait, il lui avait volé sa vengeance. Alors il regarda le mort, le talon rougi tenu à distance de ses doigts, et contempla son crime. Tuer. Il se l'était pourtant ressassé, et même avec délice. Tuer un assassin, ça avait toujours été dans son esprit un acte brave, légitime, héroïque même. Il posa sur ce corps qui gisait au sol un regard rempli de miséricorde — moins pour cet homme d'ailleurs qui restait à ses yeux un assassin, que pour Henri qu'il venait de trahir. Sur ce visage inerte qui conservait encore toutes ses couleurs, il crut discerner quelques veinules microscopiques de couperose. Les regrets d'Henri réduisaient son geste à néant. Il avait pourtant cru bien faire. Mais en devinant sur ce visage déconfit toutes les pensées qui le traversaient — le reproche, le désarroi, l'irréversibilité — Simon perdit pied. Il avait privé son compagnon d'une dernière explication. Ce geste irréfléchi, définitif et fou, ne lui procurerait ni soulagement, ni gloire, ni respect. Fou de rage contre lui-même, Simon disparut dans la cuisine pour débarrasser la chaussure de sa souillure. Lorsqu'il reparut dans le vestibule, Henri était agenouillé et priait avec ardeur. Simon s'approcha et pria lui aussi. Il observa le visage recueilli de son compagnon d'infortune et y découvrit une humanité profonde qu'il n'avait même pas imaginée. Il songea à la supériorité avec laquelle il avait considéré ses clignements d'œil, ses faux airs de hibou grand duc, ses gesticulations inopérantes. Tant d'erreurs de jugement…

Lorsque Henri eut achevé sa prière, il tourna vers lui la face et déclara d'un ton posé :

— Il est temps de partir. La femme ne tardera pas à

rentrer et nous identifiera sans peine. Simon, déclara-t-il droit dans les yeux, je suis devenu ton complice.

En prononçant ces derniers mots, sa voix s'étrangla. L'autre ne trouva rien à répondre. Et, dans l'espoir d'apaiser sa rancœur, il se leva et le suivit docilement. Lorsqu'ils refermèrent la porte sur la maison silencieuse, les deux pigeons avaient repris leurs roucoulades à trois temps et demi.

Chapitre 18

Assis côte à côte, les deux hommes se réfugièrent dans un silence morne. La matinée était déjà bien entamée. Le tram réchauffé au petit matin par l'haleine engourdie des travailleurs et du café brésilien, bordé par les chênaies de la forêt, s'était brusquement élancé à travers les plaines du Nord. Les mêmes questions taraudaient Simon. Qu'avait-il fait ? Qu'avait-il accompli de ses propres mains ? Pourquoi avait-il tué ?

Le corps prostré de son camarade s'était involontairement affaissé sur le sien. Et il sentait, sous l'accablement de ce poids, la peine inconsolable d'un fils qu'on avait privé de réponse. À quoi pouvait-il bien songer ? Sa conscience éclairée réprouvait son geste, sans doute. Comme il avait raison… Il n'était qu'une bête. Une bête.

Mais Henri tourna vers lui un regard plein de compassion et lui sourit. Puis, plongeant sa main dans son paletot pour en extraire un morceau de papier froissé, il dit dans un clignement d'œil :

— Mon père les avait écrits avant ma naissance.

Simon prit la feuille chiffonnée sur laquelle il reconnut distinctement l'écriture de Pierre.

— C'était quelqu'un, n'est-ce pas ?

D'un hochement de tête, Simon lui rendit le manuscrit et étrangla un sanglot. Il ressemblait tant à son père.

Un monde les séparait. Il en avait la certitude désormais : rien ne le distinguerait plus de ses bourreaux. Longtemps, il avait isolé l'acte de ses conditions. Tuer, dans son idée, était d'une autre nature que tuer un bourreau. Si l'un était le mal absolu, l'autre était glorieux et ennoblissait même le criminel. Depuis sa libération, il avait construit sa vie autour de cette certitude-là. Nuit après nuit, le même rêve avait apaisé son appétit de vengeance : place de l'appel, dans la bourbe du matin, les lunettes de Pierre à terre remplacées par le S.S. qu'il écrasait inlassablement avec une violence inouïe. Un rêve réconfortant que ses réveils décevaient toujours. Aussi la contrariété qu'il ressentait au matin lui donnait-elle la certitude de bien faire : tuer le traître ou le tyran, c'était un mal pour un bien. Œil pour œil, dent pour dent. Un geste de peu chose au fond, à côté du résultat. Un geste juste.

Mais le chagrin d'Henri plus grand encore que ses reproches le plongea dans un profond désespoir. Au lieu de condamner son geste, le jeune homme se recueillait dans la pensée de son père. Ce père qui l'avait été avant de l'être vraiment. Ce père qui avait dû avoir pour lui de telles espérances. *Plus hardi et plus fort…* Mais son crime à lui avait fait de ce fils un complice et non un héros. Et l'humanité de son regard, plus que toutes les réprobations du monde, lui avait fait prendre conscience de son acte et de son atrocité. Simon ne ressentit plus pour lui-même que du dégoût.

Lorsque le tram pénétra dans Valenciennes, le soleil brillait haut. Les trouées de lumière rehaussaient les combles et les clochers couverts de suie. Désormais, la crasse avait laissé place aux ciels limpides et lavés par la pluie. Pour la première fois depuis son arrivée, la ville se dressait dans toute sa gloire. Mais Simon la contemplait avec indifférence et avec lassitude. Il n'éprouvait devant cet éclat nouveau ni joie ni affliction. Il revivait inlassablement la scène : le crâne dégarni qu'il n'avait vu que de dos, la couperose sur ses joues étonnamment colorées, la trajectoire de l'araignée. Et l'inconséquence de ce geste surtout, définitif, irréparable, l'obsédait d'autant plus qu'il avait cru devancer les désirs du fils.

Parvenu au 12 rue des Capucins, Simon sentit ses

jambes se dérober sous son corps. Cette demeure qui se dressait là fièrement, telle qu'il l'avait quittée, ni plus ni moins, avec ses fenêtres hautes, sa balustrade de pierre surmontée d'un pignon ouvragé… Qu'avait-il fait ?

Il s'apprêta à sonner. Mais un douloureux tiraillement suspendit sa main en pleine action. Les sensations affluaient pêle-mêle et réprimaient tout jugement et toute volonté. Il avait froid et il avait peur. Il se souvint de cette envie si pressante — et si dérisoire aujourd'hui — de soulager sa vessie. Comme tout cela lui paraissait loin… Bon Dieu, qu'avait-il fait ?

Ce fut Henri qui pressa lui-même sur la sonnette. Lorsqu'elle vint leur ouvrir, Suzanne qui avait pressenti le danger, les fit entrer à la hâte, et referma la porte de la rue avec circonspection, comme pour ne rien laisser filtrer. En silence, les deux hommes la suivirent jusqu'au salon et s'assirent sans prendre la peine de se débarrasser de leur pardessus. Les joues de Suzanne, avec l'attente et l'anxiété, s'étaient considérablement creusées. Et pour la première fois, Simon la trouva vieille. Mais la femme en cet instant ne prêtait pas attention à ces regards appuyés. En équilibre sur le rebord d'une chaise, elle observait intensément son neveu, en mère inquiète et sévère. Alors Simon prit la parole.

— Nous avons retrouvé notre homme, Suzanne, et je l'ai tué…

Puis, après avoir dégluti avec difficulté, il ajouta :

— C'est moi seul qui l'ai tué, Suzanne. Henri n'y est pour rien.

Sous le regard incrédule de la femme, Henri dut hocher la tête en guise d'approbation. Lorsqu'elle comprit, elle se couvrit des mains le visage. On l'entendit marmonner quelques paroles qu'elle ne semblait prononcer que pour elle-même, comme une prière. Il fallait tendre l'oreille pour comprendre : « Ce n'est pas possible… Non, ce n'est pas possible ! Non ! Non ! » Elle secouait inlassablement la tête, se refusant à y croire.

Puis, le regard dévasté par la lassitude, elle fixa longuement les deux hommes. Consterné, Simon plissait les lèvres et gonflait les joues, en signe d'excuse. Henri quant à lui baissait la tête. Suzanne voulut alors s'approcher d'eux. Mais ses jambes, épuisées par ces heures d'attente au cours desquelles son esprit l'avait portée de l'espoir à l'abattement, la firent chanceler. Elle se retint à la bergère et ferma intensément les yeux d'où jaillirent quelques larmes. Simon détourna son regard vers la cheminée et constata qu'on avait une nouvelle fois laissé mourir le feu. Rassemblant les quelques forces qui lui restaient, elle parvint enfin à prendre la parole et ne s'adressa qu'à lui-même :

— Pourquoi avez-vous fait ça ? Vous rendez-vous compte ? Ce n'est pas possible ! Ce n'est pas possible ! La police va venir d'une seconde à l'autre…

Saisissant la portée de ce qu'elle venait dire, ses yeux s'ouvrirent démesurément.

— Oui, elle va tous nous arrêter. Nous tous… Y avait-il des témoins ? Non ? Il n'y avait pas de témoin au moins ?

Lorsque les deux hommes hochèrent la tête, son visage devint livide. Alors l'affolement la gagna tout à fait. L'effort qu'elle avait fait pour maîtriser sa voix était désormais au-dessus de ses forces.

— Mais il ne va pas falloir rester là… Ah non, vous ne nous compromettrez pas tous… Ah non ça, ce n'est pas possible. Il va falloir partir… partir, oui, immédiatement…

Sa panique se changea en incompréhension :

— Mais enfin qu'est-ce que vous avez cru ? Que vous arriveriez à venger la mort de Pierre ? Et puis, vous avez dû penser que c'était là ce qu'il voulait ? Mais non ! non !

Changeant subitement de ton, elle ajouta avec mépris :

— Vous êtes un homme stupide. Oui, stupide ! Jamais Pierre n'aurait réclamé le crime. Le crime ? Mais cela lui était étranger ! Pierre était un homme bon, lui. Il croyait à la justice des hommes et à celle de Dieu !

En prononçant ces derniers mots, Suzanne chancela une nouvelle fois. Simon voulut la retenir mais elle le repoussa. Décidément, il avait tout perdu. Il aurait voulu parler. Mais pour lui dire quoi ? Il chercha alors des yeux Mona Lisa qui le couvait toujours de son regard bienveillant. Puis il reconnut les partitions qui, dans la même pagaille, étaient jetées sans ménagement sur le coffre du piano. Il songea aux trémolos du violon qui l'avaient accueilli le premier jour, à ce récital de Bach qu'elle n'avait joué que pour lui-même. Henri, prostré sur son siège, sanglotait comme un petit garçon.

— Non ! Non... Jamais il n'aurait voulu cela ! Et vous dites que vous l'avez connu ? Que vous l'avez côtoyé ? Mais en réalité, vous ne l'avez jamais connu... Et s'il avait su quel homme vous étiez, il n'aurait... il ne vous aurait sûrement jamais accordé sa confiance... Jamais ! C'était un homme... Un homme qui...

La face soudain défigurée par la rage, elle cria :

— Qu'avez-vous donc cru en débarquant avec ces lettres et ces poèmes ? Faire votre devoir ? Et en tuant cet homme ? Faire encore votre devoir ? Mais vous n'avez donc rien compris ? Vous n'avez donc songé qu'à vous-même ? Mais votre vengeance, c'est la mort assurée ! notre mort à tous ! celle d'Henri, celle de notre famille... Mais vous devez partir ! Oui, immédiatement ! Partir ! Il faut que vous partiez !

Simon plongea sa main dans sa poche de droite et en tira son porte-mine ainsi que quelques pages déchirées d'éphémérides. Son père lui revint en mémoire, affairé et taciturne, perdu dans ses pensées. Lui au moins ne l'aurait pas condamné… Il griffonna son adresse, à Chamalières, et la tendit à Henri.

— Pour le cas où la police viendrait… Vous pouvez compter sur moi… Je leur dirai la vérité.

Depuis quelques instants, Henri se mouchait bruyamment. En posant son regard sur la bandelette de papier, il fut secoué par de nouveaux spasmes. Simon se leva alors silencieusement et quitta la pièce. Tandis qu'il considérait une dernière fois la mosaïque de photographies qui couvraient son passage, il crut entendre dans ses pas un petit bruit de feuilles mortes qui frottaient le parquet. Suzanne le suivait. Dans sa tourmente, il était au moins heureux : il ne partait pas seul. Il se dirigea vers la cuisine où il repéra son bagage bien visible sur un des carreaux bicolores, le prit et se retourna.

— J'ai tout raté, voyez-vous… J'ai perdu votre estime. Mon honneur… Et le pire, c'est que je voulais bien faire…

Puis sentant que toute parole était désormais inutile, il ponctua :

— Allons, adieu.

Il tendit vers elle une main qu'elle reçut sans hostilité.

Lorsqu'il fut dans la rue, il entendit un pouffement de gamine et reconnut de loin la silhouette de Renée toujours perchée sur ses deux cannes tordues. Il n'eut pas le courage de lui faire un signe et tourna rapidement les talons. Il se réfugia alors dans la pensée qu'elle aurait salué son geste, en héros.

Chapitre 19

Il passa sa dernière nuit au *Grand Hôtel*, en face de la gare. Le premier train pour Paris n'était qu'à huit heures. Debout dès l'aube, il arpenta une dernière fois les rues adjacentes.

L'automne avait encore de beaux jours devant lui. Les platanes jaunis verdoyaient encore çà et là par contingents de feuilles encore fermes. Pourtant, à cette heure matinale, un froid hivernal expirait déjà ses premières vapeurs. C'était le ciel flamand qu'il avait aimé, mais filtré cette fois, et presque lessivé. Le Nord, pour lui, ce n'était plus qu'une idée. Les Flandres ou Valenciennes s'amalgameraient à jamais dans une même notion du beau. Le visage riant de la lycéenne, les yeux noirs de Suzanne… Il songea avec un serrement au teint couperosé du mort… Mieux valait oublier. Alors, il poursuivit sa route guidé par son seul pas et finit par ne même plus penser.

Tandis qu'il rôdait, un effluve de violettes lui jaillit

au visage. Il se retourna mais dut se résoudre à cette évidence : il était bel et bien seul. L'odeur était pourtant tenace. Il se renifla alors comme un animal. Le col et les manches de son pardessus avaient conservé des serviettes bleues cette suavité de maison bien tenue. Il en fut tout heureux.

Consultant sa montre, l'heure avait tourné. Il acheta *La Voix du Nord* et se vit offrir en sus *La Voix des ondes* et ses programmes radiophoniques. Avant de grimper dans son wagon, il n'eut que le temps d'entrevoir un cas de fraude révélé au grand jour après la dernière édition des Quatre Jours de Dunkerque. Le contrôleur composta son billet. Il était parti.

Il suivit du regard les îlots de terrils, ces formes grisâtres et bossues qu'il avait découvertes depuis sa fenêtre, et qui poussaient un peu partout à l'horizon. Les vitres de la voiture n'avaient pas encore eu le temps de déglacer le givre de la nuit. Au bout d'un quart d'heure, il sentit le froid le brûler et s'emmitoufla davantage dans son paletot. Il revit la chaleur douillette de sa chambre bleutée et le visage de Suzanne qui rougeoyait par intermittence sous l'effet du crépitement. Et ce sang qui s'écoulait dans les interstices du parquet… Il fallait oublier.

Il ouvrit alors *La Voix du Nord*, et lut avec attention. Les dépêches étaient pour le moins régionales : le maire de Denain se déplaçait à Valenciennes, un chien mordait une fillette à Boulogne, le Hainaut s'inclinait à Namur… Simon trouvait pourtant de l'intérêt dans ces nouvelles qui ne le concernaient plus. Elles le divertissaient.

Ses yeux tombèrent soudain sur un fait divers de la plus haute importance :

DISPARITION DE GEORGES DEBROECK :
l'ancien douanier de Bon-Secours retrouvé mort

M. Georges Debroeck, l'ancien contrôleur principal des douanes, a été retrouvé mort à son domicile des suites d'un coup violent porté à la tête. Les soupçons de la police, alertée le matin même par l'épouse du défunt, se sont rapidement portés sur deux individus déjà suspectés par le passé dans de semblables affaires. Ils auraient été vus l'après-midi même rôdant autour du domicile du défunt. L'enquête ne donne pas davantage de précisions pour le moment.

Ses obsèques seront célébrées en l'église Saint-François en Val d'Escaut, à Vieux-Condé. Un hommage officiel sera rendu à ce serviteur de l'État, décoré de l'Ordre national du mérite, en présence de M. le Receveur régional des douanes.

Composition : Dominique Guillaumin
Achevé d'imprimer
par la Nouvelle Imprimerie Laballery
à Clamecy le 21 septembre 2012
Dépôt légal : septembre 2012
Premier dépôt légal : juin 2012
Numéro d'imprimeur : 209220

ISBN : 978-2-07-013837-1

Imprimé en France

249224